O Começo do Adeus

ANNE TYLER

O Começo do Adeus

TRADUÇÃO

ANA PAULA CORRADINI

Editora Novo Conceito

Esta é uma obra de ficção. Nomes, personagens, lugares e acontecimentos descritos são produtos da imaginação do autor. Qualquer semelhança com nomes, datas e acontecimentos reais é mera coincidência.

1ª Impressão — 2012

Edição: Edgar Costa Silva
Produção Editorial: Tamires Cianci, Alline Salles
Preparação de Texto: Sylmara Beletti
Revisão de Texto: Mila Fernandes
Diagramação: Crayon Editorial
Capa: Jorge Parede

Este livro segue as regras da Nova Ortografia da Língua Portuguesa.

Dados Internacionais de Catalogação na Publicação (CIP)
(Câmara Brasileira do Livro, SP, Brasil)

Tyler, Anne
O começo do adeus / Anne Tyler ; tradução Ana Paula Corradini. -- Ribeirão Preto, SP : Novo Conceito Editora, 2012.

Título original: The Beginner`s goodbye.
ISBN 978-85-8163-039-7

1. Ficção norte-americana I. Título.

12-07570 CDD-813

Índices para catálogo sistemático:
1. Ficção : Literatura norte-americana 813

Editora Novo Conceito

Rua Dr. Hugo Fortes, 1885 – Parque Industrial Lagoinha
14095-260 – Ribeirão Preto – SP
www.editoranovoconceito.com.br

O Começo do Adeus

1

A coisa mais estranha sobre a volta de minha esposa do mundo dos mortos foi a reação das pessoas.

Por exemplo, estávamos dando uma volta pela Praça Belvedere, numa tarde de início de primavera, quando encontramos nosso antigo vizinho, Jim Rust.

— Mas veja só, quem diria — ele disse para mim. — Aaron!

Então, Jim notou Dorothy a meu lado. Ela ficou olhando para ele com uma mão na testa, protegendo os olhos do sol. Ele arregalou os olhos e se virou para mim de novo.

Eu disse:

— Tudo bem, Jim?

Estava na cara que ele teve que se controlar.

— Ahn... tudo ótimo — respondeu. — É que... Na verdade... É claro que sentimos sua falta! A vizinhança não é a mesma sem você.

Ele estava se concentrando em mim — especificamente em minha boca, como se eu estivesse falando. Nem olhou para Dorothy. Ajustou o eixo do corpo especialmente para excluir Dorothy de sua linha de visão.

Fiquei com pena dele. Eu disse:

— Bom, mande um abraço para todos! — E continuamos andando. A meu lado, Dorothy soltou uma de suas risadas secas.

Outras pessoas simplesmente fingiam não reconhecer nenhum de nós dois. Ao nos avistarem de relance, à distância, a surpresa alterava suas expressões e elas desapareciam a toda velocidade para a próxima rua, muito ocupadas, com muito a fazer e importantes preocupações em mente. Eu não poderia criticá-las. Sabia que era muito para assimilar. No lugar delas, talvez eu me comportasse da mesma maneira. Gosto de pensar que não, mas seria bem possível.

Quem me faz gargalhar são os que se esqueceram que ela tinha morrido. Tudo bem, só houve dois ou três casos — pessoas que mal nos conheciam. Uma vez, na fila do banco, fomos descobertos pelo senhor von Sant, que tinha cuidado da papelada de nossa hipoteca há alguns anos. Ele estava cruzando a recepção e parou para perguntar:

— E a casa? Ainda gostam dela?

— Ah, sim — respondi.

Simplesmente para manter tudo simples.

Fiquei pensando como a lembrança o atingiria alguns minutos depois. "Espere aí", ele diria para si mesmo, ao se sentar novamente à sua mesa, "não ouvi alguém dizer que...?"

A não ser que nunca tenha pensando na gente de novo. Ou não tenha ouvido a notícia, para começo de conversa. Então, sempre acharia que a casa continuava intacta, que Dorothy ainda estava viva e que nosso casamento era feliz, mas também nada extraordinário.

* * *

Eu já tinha ido morar com minha irmã, que vivia na antiga casa de nossos pais, em Baltimore. Foi por isso que Dorothy voltou naquela época? Ela nunca gostou muito de Nandina. Ela a achava mandona demais. Bom, ela *era* mandona demais. É. E principalmente comigo, porque tenho algumas deficiências. Acho que ainda não mencionei isso. Tenho um problema na perna e no braço direitos. Nada que me impeça de viver, mas você sabe como são as irmãs mais velhas.

Ah, e eu também demonstro certa hesitação ao falar, mas apenas intermitentemente. Eu mesmo raramente percebo.

Na verdade, tenho pensando muito no que teria feito Dorothy escolher aquele momento para voltar. Não foi imediatamente após sua morte, que é quando mais se espera. Foi meses e meses depois. Quase um ano. É claro que eu poderia ter simplesmente perguntado a ela, mas, de alguma forma, não sei, a pergunta parecia indelicada. Não consigo explicar exatamente por quê.

Uma vez, encontramos Irene Lance, de meu escritório. Ela é responsável pela diagramação. Dorothy e eu estávamos voltando do almoço. Ou, pelo menos, eu tinha almoçado e Dorothy estava me acompanhando, enquanto eu voltava. De repente, vimos Irene vindo de St. Paul em nossa direção. Era difícil não notá-la na multidão. Ela era sempre a mulher mais elegante da rua, o que não era lá um grande desafio em Baltimore, mas ela pareceria elegante em qualquer lugar. Era alta, loira platinada e, naquele dia, usava um casaco longo e fluido, com a gola virada para cima, protegendo seu pescoço, e a barra rodopiando ao redor de suas canelas, à brisa refrescante da primavera. Fiquei curioso. Como uma pessoa como Irene lidaria com esse tipo de coisa? Então, diminuí o ritmo, o que fez com que Dorothy reduzisse o dela, e, quando Irene finalmente nos viu, estávamos quase parados na rua, só esperando para ver o que ela faria.

Ela parou subitamente, a meio metro de nós dois.

— Ai... meu... Deus...! — exclamou.

Nós dois sorrimos.

— UPS — ela disse.

— O quê? — perguntei.

— Liguei para a UPS para falar sobre uma entrega e não tem ninguém no escritório.

— Bem, não se preocupe. Nós estamos voltando para lá agora mesmo — respondi.

Usei a palavra "nós" de propósito, embora Dorothy provavelmente fosse desaparecer antes de eu entrar no prédio.

Mas tudo o que Irene disse foi:

— Obrigada, Aaron! Eu devo estar com Alzheimer.

E foi embora, sem falar mais nada.

Ela deveria *mesmo* se preocupar com Alzheimer se soubesse o que tinha acabado de ignorar.

Olhei de relance para Dorothy, esperando que risse da situação também, mas ela estava seguindo sua própria linha de pensamento:

— *Morangos Silvestres*, ela disse, em um tom reflexivo de voz.

— Como?

— É de quem Irene me faz lembrar. Da mulher naquele filme antigo do Bergman: a nora, com o coque puxado para trás. Lembra-se dela?

— Ingrid Thulin — respondi.

Dorothy ergueu as sobrancelhas levemente, para mostrar que estava impressionada, mas que não era tão difícil assim desenterrar aquele nome. Eu era apaixonado por Ingrid Thulin desde a faculdade. Gostava daquele ar indiferente e controlado dela.

— Quanto tempo você acha que vai demorar para Irene se dar conta da situação?

Dorothy simplesmente deu de ombros.

Para ela, nossa situação era muito mais real do que para mim.

* * *

Talvez a razão pela qual eu não tivesse perguntado a Dorothy por que ela tinha voltado quando voltou era porque isso faria com que ela se perguntasse a mesma coisa. Se ela tivesse simplesmente voltado aos poucos, vagueando sem perceber, como se retorna a um endereço antigo por força do hábito, então, se eu trouxesse o assunto à tona, ela poderia dizer: "Ah! Mas que coisa! Eu deveria estar indo embora!".

Ou talvez ela pensasse que eu estava perguntando o que ela está fazendo aqui. E para que tinha voltado, em outras palavras. É como quando você pergunta a um hóspede quanto tempo ele vai ficar e ele suspeita que, na verdade, a pergunta seja: "Quando é que vou me livrar de você?". Talvez por isso achei que não seria muito educado perguntar.

Eu morreria se ela fosse embora. Já tinha passado por aquilo uma vez. Não achava que pudesse fazer isso de novo.

* * *

Ela era baixa, meio gordinha e tinha uma cara séria. Seu rosto era largo, com pele cor de azeitona, e achatado de um jeito atraente, olhos negros e calmos notadamente nivelados, com aquela simetria perfeita que faz com que o observador se sinta descansado. Seu cabelo, que ela mesma cortava em um estilo quadrado, descuidado e sem graça, era profunda e absolutamente negro e uniforme (sua família tinha vindo do México há duas gerações). E, mesmo assim, não acho que outras pessoas reconheciam como ela era atraente, porque ela escondia essa qualidade. Ou não, não era nem isso: ela nem suspeitava desse fato o bastante para escondê-lo. Ela usava óculos de lentes redondas como os olhos de uma coruja, que menosprezavam o formato de seu rosto. Suas roupas deixavam o corpo atarracado — calças largas e de pernas retas, camisas de alfaiataria masculinas e sapatos pesados com sola crepe, os favoritos das garçonetes de lanchonetes. Só eu noto as rugas finas como fios de prata que envolvem os pulsos e o pescoço dela. Só eu conhecia seus pés queridos e rechonchudos, as unhas, pequenas conchas do mar.

Minha irmã dizia que Dorothy era velha demais para mim, mas só porque eu tinha sido bobo ao dizer a verdade quando ela me perguntou. Mesmo sendo oito anos mais velha que eu — 43 quando morreu —, ela parecia ser mais jovem, graças à boa e forte pele latina. Além disso, ela tinha "enchimento" o bastante para rechear qualquer ruga. Com Dorothy, você nem pensaria em idade.

Minha irmã também dizia que ela era baixinha demais para mim, e é inegável que, quando nós nos abraçávamos, todas as partes erradas de nossos corpos se encontravam. Eu tenho 1,93 metro. Dorothy não chegava a 1,55 metro. Segundo minha irmã, se você nos visse andando na rua juntos, pensaria que eram pai e filha indo para a escola.

E profissional demais, minha irmã dizia. Ahá! Aí está um defeito novo. Dorothy era médica. Eu trabalho como editor na editora de minha família. Sem grandes disparidades, certo? O que Nandina queria dizer é que ela era *dedicada* demais à profissão. Obcecada demais pelo trabalho. Ela saía de casa cedo para trabalhar, ficava lá até tarde, não me recebia com os chinelos na mão quando eu chegava em casa e mal sabia fritar um ovo. Por mim, tudo bem.

Mas não para Nandina, obviamente.

* * *

Talvez seja um caminho muito, mas muito longo a ser percorrido e, por isso, Dorothy tenha demorado aqueles meses todos para voltar.

Ou talvez ela tivesse tentado ficar sem mim, como eu já tinha tentando ficar sem ela — para "superar" minha perda, "fechar o ciclo", "seguir em frente" e todas aquelas frases ridículas que as pessoas usam quando o incitam a suportar o insuportável. Mas, no final das contas, ela havia encarado o fato de que simplesmente sentíamos demais a falta um do outro. Ela tinha desistido e voltado.

Era nisso que eu queria acreditar.

Da maneira como falo, até parece que minha irmã era uma tirana, mas ela não era mesmo. Só queria o melhor para mim, por isso, era tão crítica. Ela via o melhor em mim. Quando o menino do vizinho me chamou de Frankenstein, depois que fiquei alto desse jeito, Nandina me disse que eu a lembrava Abraham Lincoln (fingi ficar emocionado com a constatação, apesar de Abraham Lincoln não ter uma aparência à qual eu gostaria de ser comparado). Quando fiquei nervosíssimo antes de convidar Tiffy Preveau para o baile de formatura, no primeiro ano do Ensino Médio, Nandina ensaiou comigo por horas e horas, jogando-se no papel de Tiffy de maneira tão convincente que quase perdi a língua na hora de falar com ela.

— Você... Você... Você... — eu gaguejava.

— Comece dizendo uma palavra que começa com "q" — Nandina me aconselhou, saindo do personagem por um minuto.

— Quer... Quer... ir ao baile comigo? — perguntei.

— Ah, mas eu adoraria, Aaron! — ela disse, numa voz falsa e animada. — Mas me diga uma coisa: você sabe dançar?

— Ah, sei, sim.

— Porque eu adoro dançar, sabe, de verdade. E estou falando de dançar música agitada. Vou ficar louca!

— Eu consigo dançar música agitada — respondi.

E conseguia mesmo. Nandina tinha me ensinado. A adolescência da própria Nandina não tinha sido uma história de sucesso (ela tinha quase 1,83 metro, mesmo depois de tirar os sapatos compridos como bananas, e tinha chegado ao último ano do Ensino Médio sem ir a baile nenhum), mas me ensinou um monte de passos convincentes o bastante. Ela me mostrou como morder o lábio inferior como se estivesse sendo transportado pela batida de *Pump Up the Volume* e posicionou meu braço direito para que parecesse menos com uma asa quebrada e mais com uma bandeira, hasteada triunfantemente o mais alto que ela poderia forçá-lo. Ainda bem que ninguém mais estava dançando juntinho e abraçado. Eu não precisaria agarrar minha parceira com os dois braços, nem nada nesse estilo.

E eu precisaria aprender a viver sem palavras que começassem com "v", Nandina me disse. Para ela, eu as usava deliberadamente: "você" e "viu", por exemplo. Bastava ter uma chance.

— Isso pode não ser totalmente verdade — eu disse a ela (falei quase sem dificuldade, já que ela não era mais nada além de minha irmã, de novo).

— Está vendo só o que estou dizendo? Você poderia ter simplesmente dito: "isso é mentira" — ela respondeu.

Acontece que Tiffy não aceitou meu convite. Ela disse que já tinha compromisso. Mesmo assim, Nandina foi gentil ao oferecer ajuda.

* * *

Errei ao usar a palavra "deficiências" anteriormente. "Diferenças" seria mais preciso. Porque não sou realmente deficiente.

Posso ser diferente das outras pessoas, mas não sou menos afortunado. Eu acredito nisso. Ou posso ser menos afortunado, mas não mais infeliz que os outros. Isso provavelmente está mais próximo da verdade.

Às vezes, acho que sou menos afortunado que os outros, mas muito, muito mais feliz.

Então, acho que estou me enganando, porque provavelmente todo mundo pensa que tem algum direito especial em relação à felicidade.

O mais estranho é que, embora eu tenha sempre sido assim, me *sinto* exatamente como qualquer outra pessoa. Observando através das janelas de meus olhos, imagino minhas costas retas, meu pescoço altivo e meus braços com um diâmetro simétrico. Mas, na verdade, como minha panturrilha e meu pé direitos são um peso morto, tenho que arrastar minha perna direita atrás de mim, por isso me inclino para o outro lado para contrabalançar o peso, e isso deixa minha coluna torta. Quando estou sentado, quase ninguém percebe, mas então eu me levanto e entrego a situação.

Eu tenho uma bengala, mas vivo deixando-a por aí.

E apesar de ter me treinado a deixar o braço direito ficar o mais solto possível, ele insiste em voltar a uma posição retraída, com a mão entortada para dentro, dobrada bruscamente no pulso, como se eu tivesse sofrido um derrame. Talvez eu *tenha* sofrido um derrame, não sei. Eu era um menino normal aos 2 anos de idade; então, peguei uma gripe. Depois disso, não fui mais normal.

Mas aposto que seria canhoto de qualquer jeito, porque tenho uma caligrafia excelente e não precisei me esforçar demais para chegar a esse ponto. Então, por esse lado, *não* sou tão desafortunado, concorda? Sei jogar muito bem com raquete, nado bem o bastante para não afundar, pelo menos, e acho que dirijo muito melhor que a maioria das pessoas. Meu carro tem pedais adaptados. No entanto, para virar o volante e trocar de marcha, não tenho problemas com os controles comuns. Passageiros novos ficam meio apreensivos no começo; depois de alguns quilômetros, já se esqueceram.

Vivo sonhando acordado em trocar meus pedais pelos normais, mas o Conselho Nacional de Trânsito tem essa regulamentação absurda.

* * *

No começo, cheguei a pensar que Dorothy tinha voltado em missão especial. Que ela tivera permissão para voltar apenas pelo tempo necessário para me dizer alguma coisa, talvez, e depois partiria de novo (preciso dizer agora que *quem* havia permitido que ela voltasse não é uma questão na qual eu gostaria de me demorar. Sou ateu. Tê-la aqui, para início de conversa, já tinha sacudido mais preconceitos do que eu conseguiria absorver com facilidade).

Você até pode achar que eu estava louco para descobrir qual missão seria aquela. Mas lembre-se do corolário: "uma vez completa a missão, ela partiria novamente". E acho que não conseguiria suportar isso.

Então, adotei um tipo de abordagem zen. Eu vivia o momento. Dorothy aparecia; eu estava em paz. Eu não perguntava nada, não estudava os porquês e os portantos; só aproveitava estar ao lado dela. Se ela tivesse começado a dizer alguma coisa que parecesse uma mensagem, eu faria tudo para desviar do assunto, mas ela não disse nada. Parecia que ela também estava vivendo o momento. E então ela desaparecia de novo, mas não por muito tempo. De alguma forma, eu sabia. Eu ficava esperando, tão quieto quanto um lago, até ela aparecer de novo.

Uma vez, ela me perguntou:

— Como anda a vida na casa de Nandina? Ela reclama, faz muito drama?

— Sim, bom, você lembra como ela é — respondi.

Fiquei em silêncio por um momento. Então, disse:

— Você precisava perguntar? De algum modo, eu achava que você já sabia.

— Ah, não. Eu não sei de nada — Dorothy respondeu.

Parecia haver tristeza em sua voz, mas, então, ela sorriu para mim. Achei que era imaginação minha.

* * *

Minha mãe começou a acreditar, em seus últimos dias de vida, que minhas diferenças tinham sido culpa dela. Ela deveria ter chamado o pediatra ainda no começo da gripe, ou deveria ter me levado correndo para o pronto-socorro e deixado o pediatra para lá.

— Mas eles só teriam mandando a gente de volta para casa! — eu disse para ela. — Eles teriam dito que era um vírus que estava por aí, que era para me dar bastante líquido e me deixar descansar.

— Eu teria me sentado no chão e dito que a gente não sairia dali — ela disse.

— Ah, mas por que fazer tanto drama por causa disso? Eu me viro perfeitamente bem.

— Você *se vira*. É, acho que sim. E eu não diria um "a" se você tivesse nascido assim. Mas não nasceu. Você não é do jeito como veio ao mundo. Você não é quem deveria ser.

— Talvez eu seja *exatamente* como deveria ser — retruquei.

Ela apenas suspirou. Eu jamais entenderia.

— De qualquer maneira — continuei —, você ligou para o pediatra, sim. Você me contou. Ligou assim que a febre aumentou.

— Aquele homem era um imbecil! — ela disse, com mais uma pedra na mão. — Ele dizia que a febre é a cura da natureza para tudo. E jurava que uma febre não fazia tanto estrago quanto aquelas mães histéricas que mergulhavam os filhos em água gelada.

— Mãe, deixa para lá! — insisti.

Mas ela nunca deixou.

Ela era dona de casa (como ela mesma se definia), da última geração de mulheres que se casavam assim que saíam da faculdade. Formou-se em junho de 1958 e casou-se em julho. Então, esperou dez anos para ter o primeiro filho, pobre mulher, mas mesmo assim não arrumou emprego. Fico pensando: como ela passava o tempo? Quando eu e Nandina nascemos, viramos a ocupação total dela. Ela fazia os trabalhos de Ciências com a gente, os dioramas; passava a ferro nossas cuecas e calcinhas; decorava nossos quartos em estilo de menininha e de menininho — botões de rosa para Nandina e bandeiras de times para mim. Nem vem ao caso que Nandina não era do tipo "botão de rosa" de menina ou que todas as vezes em que tentei praticar um esporte minha mãe teve apoplexia.

Eu fui uma criança "durona", apesar de minhas diferenças. Era desastrado, mas animado, empolgado para entrar em qualquer brincadeira em nosso quarteirão. Minha mãe literalmente espremia as mãos ao me ver da janela da frente, mas meu pai dizia a ela que me deixasse fazer tudo que eu me sentia capaz de fazer. Ele não se preocupava tanto. É claro que ele passava o dia no escritório e já estava na meia-idade. Nunca foi o tipo de pai com quem eu podia jogar bola nos finais de semana, nem pedir para ser técnico do time de beisebol da escola.

Então, passei a maior parte de minha infância me defendendo das duas mulheres de minha vida — minha mãe e minha irmã, ambas à espreita para me mimar até a morte. Mesmo quando ainda era bem novo, já sentia o perigo. Você fica dominado. Bonzinho e conivente. E assim elas conseguem ter você exatamente onde desejam.

Por que será que achei que Dorothy era um sopro de ar fresco, hein?

A primeira vez que ela me viu, perguntou:

— O que aconteceu com seu braço?

Ela estava usando jaleco branco e perguntou em um tom brusco, clínico. Quando expliquei, ela simplesmente disse "ah" e passou para outro assunto.

Quando andou em meu carro, nem olhou para o lado, nem mesmo no começo, para ver como é que eu estava dirigindo. Ela estava ocupada demais embaçando os óculos com um sopro e limpando-os com a manga da blusa.

Na primeira vez em que me ouviu gaguejar (depois que me apaixonei por ela e fiquei todo agitado e desconfortável), ela inclinou a cabeça para o lado e disse:

— O que foi isso? Algum dano cerebral ou só nervoso mesmo?

— Ah, só... só... nervoso — respondi.

— Jura? Estava pensando... — ela disse — Quando você está lidando com o hemisfério esquerdo... Que saco!

— Como é que é?

— Acho que deixei minhas chaves no escritório — falou.

Ela era única entre as mulheres. Não havia ninguém como ela. Meu Deus, ela deixou um enorme vazio! Eu me senti como se tivesse sido apagado, como se tivesse sido rasgado em dois.

Então, olhei para a rua e a vi de pé, na calçada.

2

Ela morreu assim.

Era agosto. Começo de agosto de 2007, opressivamente quente e úmido. Eu estava resfriado. O verão é a pior época do ano para ficar resfriado. Você não pode se colocar debaixo de uma pilha de cobertores e suar até sarar, como no inverno. Já está suando, mas não de maneira saudável.

Fui trabalhar como sempre, mas o ar condicionado me fez bater os dentes assim que me sentei. Eu me debrucei sobre minha mesa tremendo, cheio de calafrios, espirrando, tossindo, assoando o nariz e empilhando lenços de papel na lata de lixo até Irene me mandar para casa. Irene era assim. Ela disse que eu estava contaminando o escritório. Já os outros — Nandina e o resto — estavam me pedindo para ir para casa por minha causa mesmo.

— Você está com uma cara horrível, pobrezinho! — disse nossa secretária.

Mas Irene optou por uma abordagem mais egoísta:

— Eu me recuso a sacrificar minha saúde por causa de sua equivocada ética de trabalho — ela me disse.

Então, resolvi:

— Tá. Eu vou — já que ela chegara a *este* ponto.

Nandina se ofereceu:

— Quer que eu leve você de carro?

Mas respondi:

— Ainda estou funcionando, muito obrigado.

Então, peguei minhas coisas e saí pisando duro, zangado com todos e ainda mais zangado comigo mesmo, por ter ficado doente. Odeio parecer um inválido!

No entanto, uma vez sozinho no carro, me permiti uns gemidos e resmungos. Espirrei e deixei sair um "aaaaaah", como se estivesse muito mais doente do que realmente estava. Olhei de relance para o espelho retrovisor e vi que meus olhos estavam cheios de lágrimas. Meu rosto estava vermelho e meu cabelo, úmido e embaraçado.

Nós morávamos perto da Alameda Cold Spring, em uma área malcuidada, cheia de árvores, a alguns minutos de carro do centro da cidade. Nossa casa era térrea, pequena e branca. Não exatamente o que você poderia chamar de "chique", mas, pensando bem, eu e Dorothy não éramos do tipo que lê revistas de decoração. A casa nos servia muito bem: tudo em um único andar, com um solário cheio de luz adjunto à sala de estar, onde colocávamos o computador e empilhávamos as revistas de medicina de Dorothy.

Minha intenção era ir diretamente para o solário e trabalhar um pouco. Tinha trazido um original para casa para editá-lo. No entanto, já na metade da sala de estar, me vi fazendo um desvio para o sofá. Eu me afundei nele e resmunguei de novo, então, deixei que os papéis caíssem no chão e me estiquei todo.

Mas você sabe como um resfriado reage à posição horizontal. Imediatamente, não conseguia mais respirar. Minha cabeça parecia uma bala de canhão. Esperava cair no sono; no entanto, de repente fiquei alerta, irritadiço e rabugento. Comecei a achar a bagunça normal de nossa sala de estar extremamente irritante — o miolo da maçã escurecendo sobre a mesinha de centro, as roupas para passar empilhadas na poltrona, os jornais sobre o sofá interferindo com a localização de meus pés. Uma parte de minha mente se tornou repentinamente arrojada e me imaginei saltando do sofá e colocando tudo no lugar, até arrastando o aspirador de pó para cá e fazendo alguma coisa quanto àquela mancha no carpete em frente à lareira. Meu corpo continuava deitado ali, lerdo e cheio de dor, enquanto minha mente repetia freneticamente as mesmas tarefas. Fiquei exausto.

O tempo deve ter passado de alguma maneira, porque, quando ouvi a campainha tocar, olhei para o relógio e vi que passava do meio-dia. Eu me levantei com um suspiro e fui até o hall de entrada abrir a porta. Nossa secretária estava ali com um saco de supermercado apoiado no quadril.

— Já está se sentindo um pouco melhor? — ela me perguntou.

— Ah, sim.

— Bom, eu trouxe sopa para você — ela disse. — A gente sabia que você não faria almoço.

— Obrigado, mas não estou...

— É melhor prevenir que remediar! — ela recitou. Empurrou a porta com o cotovelo e entrou. — As pessoas sempre se perguntam qual é a versão certa: "É melhor prevenir que remediar" ou "Prevenir é melhor que remediar", mas contanto que não usem o "do que remediar", acho que as duas construções estão certas.

Nessa altura, ela já havia passado por mim no hall de entrada — uma daquelas mulheres que têm certeza que sabem o que é melhor para você em todas as situações. Na verdade, não muito diferente de minha irmã, a não ser pelo fato de Nandina ser alta e desajeitada, enquanto Peggy era gordinha e com covinhas — uma pessoa dourada e cor-de-rosa, com uma nuvem de cachos dourados e uma adoração por roupas rendadas demais de lojas de caridade Eu Gostava de Peggy (fizemos o ensino básico juntos, o que pode ter levado meu pai a contratá-la), mas toda aquela gentileza era só fachada. Era ela quem segurava as rédeas daquele escritório; ela era muito, muito mais que uma secretária. Sempre que tirava um dia de folga, o resto de nós simplesmente desmoronava — e não conseguia nem achar o grampeador. Agora, ela já estava a caminho da cozinha, infalível, pé ante pé em suas sapatilhas chinesas, apesar de nunca ter pisado em nossa cozinha antes, até onde eu me lembrava. Fui atrás dela, dizendo:

— Sério, não estou com fome. Não estou com fome mesmo. Tudo que eu quero fazer é...

— Só um pouquinho de sopa? — ela perguntou. — Sopa cremosa de tomate? Ou de frango com macarrão?

— Nenhuma das duas — a frase saiu mais como "denhuba das duas". Eu poderia estar em um comercial para spray nasal.

Ela continuou:

— A sopa cremosa de tomate foi ideia de Nandina, mas eu pensei na sopa de frango por causa da proteína.

— Denhuba das duas! — respondi.

— Então tá, só um chá. Meu chá mágico para dor de garganta.

Ela colocou o saco de compras sobre o balcão e tirou de lá uma caixa do chá Constant Comment.

— Eu comprei descafeinado — explicou — para não interferir no seu sono. Porque, você sabe, o sono é a melhor cura para tudo. — Em seguida, vieram um limão e um pote de mel. — Você deveria voltar para o sofá.

— Mas eu não...

"Não" virou "dão". Peggy me escutou, finalmente. Ela se virou da pia, onde já tinha começado a encher a chaleira.

— Olha só *sua* voz! — ela disse. — Será que devo ligar para Dorothy?

— Não! — "Dão".

— Posso deixar uma mensagem no consultório dela. Eu não teria que interrompê-la.

— Dão.

— Bom, você é quem sabe — ela disse, e colocou a chaleira no fogão. Nosso fogão era tão antigo que você tinha que acendê-lo com um fósforo, o que, de algum jeito, ela já sabia, porque pegou a caixa de fósforos sem ter que procurar por ela. Eu me sentei em uma das cadeiras da cozinha e a vi cortar o limão ao meio e espremer a metade em uma caneca, enquanto discutia os poderes comprovados da pectina das frutas para ajudar o sistema imunológico.

— Foi por isso que comprei Constant Comment — explicou —, porque esse chá tem casca de laranja. — Então contou que, quando ficava gripada, o que raramente acontecia porque, pelo jeito, simplesmente tinha essa resistência natural e inata contra resfriados...

Não é à toa que o nome do chá é Constant Comment ("comentário constante").

Ela colocou uma quantidade enorme de mel sobre o suco de limão. Juro, pelo menos um quarto de xícara. Não sei como haveria lugar para a água naquela caneca. Então, pôs dois saquinhos de chá, amarrando a cordinha na asa da caneca com o dedo mindinho em riste, como uma dama de antigamente — o que ela deve ter feito de brincadeira, porque disse, em seguida, com um sotaque inglês carregado:

— Ah, mas o chá ficará adorável, meu bom rapaz!

Percebi, de repente, que estava com uma dor de cabeça terrível e que tinha certeza de que ela não estava ali até Peggy chegar.

Enquanto esperávamos pela infusão do chá, ela foi pegar uma manta de sofá. Nós não tínhamos uma manta de sofá, até onde eu sabia, mas não consegui dizer isso a ela, porque o silêncio e a paz foram muito bem-vindos. Então ela voltou, ainda falando. Contou que, quando seu pai ficava resfriado, costumava comer uma cebola.

— Crua — ela disse —, como se fosse uma maçã.

Ela trouxe uma manta feita de hexágonos costurados juntos. É possível que tenha encontrado a manta em nosso armário de roupa de cama, ao lado do quarto, e eu sabia que tínhamos deixado o quarto uma bagunça. Bem, é isso que as pessoas devem esperar quando aparecem sem ser convidadas. Ela colocou a manta ao redor de meus ombros e a prendeu sob meu queixo, como se eu tivesse 2 anos de idade, enquanto eu me encolhia o máximo possível.

— Uma vez, quando minha mãe ficou gripada, meu pai a *obrigou* a comer uma cebola — ela comentou —, mas ela vomitou tudo na hora.

Meus ouvidos estavam meio entupidos, e a voz dela ficou abafada e distante como algo que você ouve em um sonho.

Entretanto, o chá, uma vez pronto, realmente aliviou a dor de garganta. O vapor quente também ajudou um pouco minha respiração. Tomei o chá aos goles, lentamente, aconchegado sob a manta. Peggy disse que, na opinião dela, seu pai deveria ter cozinhado a cebola.

— Ou talvez ele devesse ter fervido a cebola com mel — continuou —, porque você sabe como o mel é cheio de propriedades antibacterianas.

Agora ela já estava passando um pano sobre o balcão. Não tentei impedi-la. Que bem teria feito? Tomei o restante do chá — o fundo doce de doer o dente — e, sem dizer nada, coloquei a caneca sobre a mesa e voltei para a sala de estar. A manta me seguiu fazendo um barulho de “sssshhhh”, arrastando pedaços de lã e migalhas pelo caminho. Caí no sofá. Eu me aninhei em posição fetal para evitar tocar os jornais e caí em um sono pesado.

* * *

Quando acordei, a porta da frente estava se abrindo. Achei que fosse Peggy indo embora. Mas, então, ouvi o tinir das chaves aterrissando na tigela de porcelana no hall. Chamei:

— Dorothy?

Ela passou pela porta lendo alguma coisa, um cartão-postal que deve ter encontrado no chão, ao lado da abertura da caixa do correio. Ao olhar para cima, ela disse:

— Ah. Você está doente?

— Só um pouco resfriado — eu me esforcei para me sentar e olhei para o relógio. — São 5 horas!

Ela não me entendeu e disse:

— Tive uma consulta cancelada.

— Dormi a tarde inteira!

— Você não foi trabalhar? — ela perguntou.

— Fui, mas Irene me mandou voltar para casa.

Dorothy deu uma risadinha (ela conhecia o jeito de Irene).

— E então Peggy trouxe sopa.

Outra risadinha: conhecia o jeito de Peggy, também. Ela jogou a correspondência sobre a mesinha de centro e tirou a bolsa estilo carteiro. Dorothy não gostava de bolsas com alça curta. Ela levava sua bolsa estilo carteiro para todo lugar — um negócio de couro marrom arranhado com os compartimentos tão cheios a ponto de estourar, do tipo que os espiões usavam nos filmes preto e branco antigos. Seu jaleco de médica, que agora ela estava tirando, tinha uma marca diagonal meio suja no peito, por causa da alça da bolsa. Muitas pessoas confundiam Dorothy com a funcionária de um restaurante — mas não a chef. Às vezes eu achava isso divertido, mas nem sempre.

Quando ela foi para a cozinha, sabia que ia pegar seus biscoitos Triscuits. Era seu lanchinho para o fim de expediente todo dia: exatamente seis Triscuits, porque seis era a "porção recomendada", indicada na caixa. Ela demonstrava uma devoção servil ao conceito da "porção recomendada", mesmo quando era metade de um cupcake (o que é mais comum do que se pode imaginar).

Mas acontece que os Triscuits tinham desaparecido naquele dia. Ela gritou da cozinha:

— Você viu os Triscuits?

— O quê? Não — respondi. Coloquei os pés no chão e estava dobrando a manta.

— Não consigo encontrá-los. Eles não estão no armário.

Eu não falei nada, já que não tinha resposta alguma. Um momento depois, ela apareceu sob o arco da sala de jantar.

— Você limpou a cozinha? — perguntou.

— Quem, eu?

— Não tem nada sobre o balcão. E não consigo encontrar nada.

Fiz uma careta e respondi:

— Deve ter sido Peggy.

— Queria que ela não mexesse em nada. Onde ela poderia ter colocado os Triscuits?

— Não faço a menor ideia.

— Olhei no armário, olhei na despensa...

— Tenho certeza que eles vão aparecer alguma hora — respondi.

— Mas o que vou comer até lá?

— Biscoitinhos Wheat Thins? — sugeri.

— Eu não gosto de Wheat Thins — disse Dorothy. — Eu gosto de Triscuits.

Encostei a cabeça no sofá de novo. Estava ficando meio cansado do assunto, para falar a verdade.

Infelizmente, ela percebeu.

— Isso pode não ser importante para *você* — ela disse —, mas não comi nada o dia inteiro. Só tomei café! Estou morrendo de fome.

— Bem, e isso é culpa de quem? — perguntei (a gente já tinha passado por essa discussão antes).

— Você sabe que sou ocupada demais para comer.

— Dorothy — tentei —, desde a hora em que você acorda, pela manhã, até a hora em que chega em casa, à tardinha, fica vivendo de café com leite e açúcar. Principalmente leite e açúcar. E você ainda diz ser médica.

— Eu *sou* médica — respondeu. — Uma doutora que trabalha muito. Não tenho tempo livre.

— O resto do mundo também não, mas todo mundo dá um jeito de arrumar tempo para uma refeição aqui e ali.

— Bom, talvez o resto do mundo não seja tão esforçado — argumentou. A essa altura ela já estava com os punhos apoiados no quadril. Parecia um pouco com um buldogue. Eu nunca tinha percebido antes.

Ah, por que, por que, por que você tinha que perceber aquilo justo naquela tarde? Por que eu não poderia ter simplesmente dito: “Olha, está na cara que você está faminta, e isso a está deixando de mau humor. Vamos para a cozinha achar alguma coisa para comer”?

Eu sei por quê. É porque, logo em seguida, ela disse:

— Mas o que *você* saberia sobre isso? Você e suas enfermeiras, que vêm correndo fazer uma sopinha caseira.

— Não era caseira, era de lata — respondi. — E eu não *pedi* sopa nenhuma. Nem comi. Eu disse a Peggy que não queria.

— Então, como é que ela foi parar na minha cozinha?

— Ela fez chá para mim.

— Chá! — Dorothy repetiu. Parecia que eu tinha dito “ópio”. — Ela fez *chá* para você?

— E o que há de errado com isso?

— Você nem gosta de chá.

— Era chá medicinal, para minha garganta.

— Ah, para sua *garganta* — Dorothy falou, com uma compaixão exagerada.

— Eu estava com dor de garganta, Dorothy.

— Uma dor de garganta de nada, e todo mundo vem correndo. Por que isso sempre acontece? Multidões de funcionários devotados se estapeando para vir tomar conta de você.

— Bom, alguém, alg... alguém tinha que me ajudar — respondi. — Eu não vejo *você* cuidando de mim.

Dorothy ficou quieta por um momento. Então, tirou os punhos do quadril e foi andando até sua bolsa estilo carteiro. Ela a pegou e foi para o solário. Ouvi o couro ranger, quando ela colocou a bolsa sobre a escrivaninha, e o chiado da cadeira giratória.

Discussão idiota. Nós tínhamos discussões assim de vez em quando. E que casal não tem? Não vivíamos num conto de fadas. Mesmo assim, essa discussão em particular me pareceu especialmente inútil. Na verdade, eu odiava que cuidassem de mim e havia deliberadamente escolhido uma mulher que não ficasse correndo atrás de mim como esposa. E Dorothy não se importaria se alguém fizesse chá para mim. Provavelmente, ela ficaria aliviada. Essa era apenas uma daquelas briguinhas bobas sobre coisas com as quais nenhum dos dois se importava nem um pouco, mas agora tínhamos batido em retirada para nossos cantos e não sabíamos como sair de lá.

Eu me icei do sofá e cruzei o hall de entrada a caminho do quarto. Fechei a porta sem fazer barulho e me sentei à beira da cama, onde tirei meus sapatos e meu suporte (uso um suporte de polipropileno para corrigir pé chato). As tiras de velcro fazem um barulho como se estivessem sendo rasgadas quando as abro — rec, rec — e estremeço, porque não queria que Dorothy adivinhasse o que eu estava fazendo. Queria que ela ficasse curiosa, só um pouco.

Fiquei quieto e ouvindo o que ela estava fazendo, mas tudo que consegui escutar foi outro rangido. Não era da bolsa dela. Ela estava longe demais para eu conseguir ouvir aquilo. Decidi que provavelmente era uma das tábuas no chão.

Eu me estiquei na roupa de cama amassada e fiquei olhando para o teto. Não havia chance de conseguir dormir agora. Tinha acabado de perceber. Eu havia dormido a tarde inteira. Deveria ir para a cozinha e começar a preparar alguma coisa com um cheiro gostoso, alguma coisa que atraísse Dorothy de seu solário. Que tal um hambúrguer? Eu sabia que tínhamos meio quilo de...

CREC! Um rangido ainda mais alto. Na verdade, não era um rangido, mas o barulho de alguma coisa batendo, porque o rangido se estendeu demais e depois se transformou em TUM!, com batidas menores em seguida, e tinidos, rangidos e baques avulsos. Minha primeira reação (eu sei que foi ridícula) foi pensar que Dorothy estava muito mais brava do que eu pensava. Mas, mesmo enquanto pensava nisso, tive que admitir que ela não era do tipo que dava chilique. Eu me sentei na cama e meu coração começou a martelar. Chamei:

— Dorothy? — saí da cama com esforço. — Dorothy! O que foi isso?

Cheguei à porta só de meias e então me lembrei de meu suporte. Eu poderia andar sem ele, de alguma maneira, mas demoraria demais. Voltar para a cama e colocar o suporte? Não, não tinha tempo para isso. E onde é que eu tinha colocado minha bengala? Quem saberia? Abri a porta do quarto.

Parecia que eu estava na entrada de uma floresta.

O hall era uma confusão de galhos, folhas e pedaços de troncos. Até o ar estava cheio de cascas de árvores — pedaços de casca seca flutuando em uma neblina poeirenta, e um pequeno pássaro ou inseto muito grande surgindo de repente do nada. "Pings!" e "tics!" e "pops!" isolados se manifestavam, enquanto objetos diferentes se acomodavam em seus lugares — um painel de vidro caindo de uma janela, alguma coisa aterrissando no chão de madeira. Eu me segurei em um galho meio quebrado e o usei como suporte enquanto abria caminho. Não estava claro o que havia acabado de acontecer. Eu estava em um torpor, talvez até mesmo em choque. Minha compreensão de tudo chegando atrasada. Tudo o que eu sabia era que a floresta ficava mais fechada na sala de estar e que Dorothy estava além dela, no solário, onde eu não podia ver nada além de folhas, folhas, folha e galhos tão grossos quanto meu corpo.

— Dorothy!

Nenhuma resposta.

Eu estava perto da mesinha de centro. Conseguia ver uma ponta da mesa, a extremidade entalhada em estilo "ovo e âncora", e não é interessante que eu tenha pensado na frase "ovo e âncora" com tanta facilidade? Olhei na direção do solário de novo e vi que jamais conseguiria abrir caminho no meio daquela mata, então, comecei a voltar, planejando sair pela porta da frente e ir por fora até o outro lado da casa, para a entrada do solário. No entanto, a caminho do hall de entrada, passei pela mesinha com um abajur, perto do sofá (o sofá estava invisível), onde ficava também o telefone sem fio, cheia de pedaços de casca de árvore. Peguei o telefone e apertei o botão "ligar". Milagrosamente, ouvi o barulho de chamada. Tentei apertar 911, mas minha mão tremia tanto que continuei pressionando o botão de "jogo de velha" sem querer. Precisei ligar mais duas vezes até a ligação finalmente ser feita. Levei o fone ao ouvido.

Uma mulher disse:

— Pois não, invente uma ambulância.

— O quê?

— Pois não, invente uma ambulância.

— *O quê?*

— É da polícia — ela disse, em tom cansado. — Incêndio? Ou ambulância?

— Ah, pol... polí... ou... Eu não sei! Incêndio! Não, ambulância! Ambulância!

— Qual é o problema, senhor? — ela perguntou.

— Uma ááááarrvore aqui! — respondi, e foi naquele momento que comecei a entender o que estava acontecendo. — Uma árvore caiu sobre minha casa!

Ela anotou as informações tão devagar que parecia que aquela lentidão toda era educativa, como se ela estivesse me ensinando a me comportar. Mas eu tinha coisas a fazer! Não podia ficar ali o dia todo! Eu tinha lido em algum lugar que os telefonistas do 911 conseguiam detectar o endereço de quem estava ligando com um equipamento especial, e não conseguia entender por que ela estava me fazendo todas aquelas perguntas, para as quais ela já deveria saber a resposta. Eu disse:

— Eu tenho que ir! Eu tenho que ir! — O que, absurdamente, me lembrou uma criança que precisava ir ao banheiro e, ao mesmo tempo, percebi que tinha que ir ao banheiro também. Fiquei pensando quanto tempo levaria para que eu pudesse fazer uma tarefa tão mundana novamente.

Ouvi uma sirene ao longe. Ainda não sei se foi meu telefonema que a trouxe. Em todo o caso, larguei o telefone sem falar "tchau" e fui cambaleando para o hall de entrada.

Quando abri a porta da frente, só vi mais árvore lá fora. De alguma maneira, eu achava que, quando saísse de casa, a passagem estaria livre. Empurrei os galhos, espantei insetos e poeira. A sirene era tão alta que parecia uma faca entrando em meus ouvidos. Então, parou, e pude ver o caminhão de bombeiros depois de me desvencilhar da última árvore: lindo e vermelho vivo, com uma ambulância parando atrás dele. Um homem em uniforme completo de bombeiro — mas por quê? — pulou de dentro do caminhão e gritou:

— Não se mexa! Fique aí! Eles vão trazer uma maca!

Continuei andando. Afinal, como eles saberiam para onde levar a maca se eu não mostrasse o caminho?

— Pare! — ele gritou.

Um homem da ambulância — *sem* maca; nem sinal da maca — veio correndo e me imobilizou com os braços como se fosse uma camisa de força.

— Espere aí! Não tente andar — ele disse. O bafo dele tinha cheiro de *chili*.

— Eu consigo andar sem problemas — falei para ele.

— J. B.! Traga a maca!

Eles acharam que eu é quem estava ferido. Acho. Quero dizer, ferido devido às últimas circunstâncias. Tentei lutar contra ele. Eu disse:

— Minha esposa! Do outro... do outro... do outro...

— Beleza, amigo! Fiquei calmo.

— Onde ela está? — o bombeiro perguntou.

— Do outro lado da...

Tentei apontar com o braço. Mas, quando me virei para ver para onde estava apontando — o lado norte da casa —, percebi que ele não existia mais. Tudo o que conseguia ver era árvore e mais árvore.

O bombeiro disse:

— *Ah, não*, cara!

Eu conhecia aquela árvore. Era um carvalho branco. Sempre estivera em nosso quintal, provavelmente desde muito antes de a casa ser construída, e era enorme, com pelo menos meio metro de diâmetro na base e com uma inclinação tão pronunciada na direção de nosso telhado que eu insistia para que uma inspeção fosse realizada todo mês de setembro, quando os paisagistas vinham fazer a poda. Mas eles sempre me garantiram que a árvore estava saudável. Velha, sim, talvez não com tantas folhas quanto antes, mas saudável.

— E, além disso — o paisagista tinha me dito —, se ela *fosse* cair algum dia, está tão perto da casa que não faria muito estrago. Na verdade, ela se *apoiaria* na casa, já que não há espaço suficiente para ganhar velocidade.

Mas ele estava errado. Para começar, era óbvio que a árvore não estava saudável. Ela havia tombado em um dia sem nenhum sinal de vento, nem ao menos uma brisa. E, em segundo lugar, ela tinha provocado um *grande* estrago. Tudo bem, no começo, a árvore havia se apoiado (deve ser sido o primeiro rangido que ouvi), mas, então, atingiu o telhado bem no meio, derrubando tudo. E tinha acabado com o solário.

Eu disse, aflito:

— Tire-a de lá! Tire-a de lá! Tire-a de lá!

O homem que estava me segurando falou:

— Beleza, irmão, espere aí!

A essa altura, ele já estava me carregando. Meus joelhos tinham parado de funcionar, por algum motivo. Ele me levou até uma cadeira de jardim, de ferro forjado, que a gente nunca tinha usado, e me ajudou a me sentar.

— Dói alguma coisa? — perguntou, e eu respondi:

— Não! Tire-a de lá!

Eu bem que queria sentir dor. Eu *odiava* meu corpo. Odiava ficar sentado ali, como um boneco, enquanto homens mais fortes e capazes lutavam para salvar minha esposa.

Eles chamaram reforços e pediram motosserras, machados, carros de polícia para bloquear a rua e um guindaste para içar a maior parte do tronco da árvore. Gritaram em seus rádios e se embrenharam pelos galhos. Isso deve ter levado um bom tempo, mas não saberia dizer quanto. Enquanto isso, uma multidão se juntou, nossos vizinhos e pessoas que simplesmente passavam por ali. A velha Mimi King, do outro lado da rua, trouxe-me um copo de chá gelado (dei um gole de mentira, só para ser educado). Jim Rust colocou uma manta de berço cor-de-rosa sobre meus ombros. Fazia uns 26 graus e eu suava em bicas, mas agradeci a ele.

— Ela vai ficar *bem* — eu disse a ele, porque ele mesmo não havia dito nada, e achei que alguém deveria falar isso.

Ele disse:

— Espero que sim, Aaron.

Ficava irritado quando as pessoas diziam meu nome assim. Eu era a única pessoa ouvindo. Ele não precisava especificar com quem estava falando, pelo amor de Deus!

Dois homens vieram cambaleando por entre os galhos, com uma pilha enorme de roupas velhas. Colocaram a pilha sobre a cadeira e meu coração quase saiu pela boca. Eu disse:

— O que...

Eu me levantei com esforço da cadeira e quase fui ao chão. Tive que me apoiar em Jim. Ele gritou para os homens:

— Ela está viva?

E eu pensei: "Ele não tem nada com isso! EU é que deveria perguntar isso!". Mas o bombeiro respondeu:

— Ela ainda tem pulsação! — E senti tanta gratidão por Jim quc meus olhos se encheram de lágrimas.

Apertei o braço dele com força e pedi:

— Me leve, me... — e ele entendeu e me levou para mais perto dela.

O rosto dela ainda tinha o mesmo formato de lua, as bochechas arredondadas e lisas, os olhos fechados, mas ela estava muito suja. E a montanha onde ficava seu decote agora mais parecia uma... caverna. Mas era compreensível! Ela estava deitada de costas! Você sabe como o seio de uma mulher fica reto quando ela deita de...

— Pelo menos não há sinal de sangue — eu disse para Jim. — Não estou vendo sangue nenhum.

— Não, Aaron — ele respondeu.

Queria que ele parasse de dizer meu nome.

* * *

Queria acompanhá-la na ambulância, mas havia pessoas demais cuidando dela. Elas pediram que eu as encontrasse no hospital. A esposa de Jim, Mary-Clyde, havia acabado de chegar e disse que Jim me levaria de carro até lá. Mary-Clyde era professora e cheia de uma autoridade impressionante. Quando afirmei que eu mesmo poderia ir dirigindo, ela respondeu:

— É claro que pode, mas você teria que estacionar o carro, essas coisas, então vamos fazer dessa maneira, tudo bem?

Respondi humildemente:

— Tudo bem.

Ela perguntou onde é que poderia encontrar meus sapatos, e Jim disse:

— Ah, Mary-Clyde, ele não vai se preocupar com sapatos numa hora dessas!

Mas, na verdade, eu me preocupava. Desculpe-me, mas me importava, sim. Então, disse a ela onde eles estavam e pedi que trouxesse o suporte também.

Eles levaram Dorothy para o Johns Hopkins. Era o hospital com a mais alta tecnologia, o mais avançado e moderno, então era muito bom. Por outro lado, era o lugar que qualquer morador de Baltimore com o mínimo de bom senso saberia evitar, exceto sob as circunstâncias mais terríveis — um labirinto dickensiano gigante, insensível, onde os pacientes poderiam definhar esquecidos por horas em corredores no porão, com as paredes descascando, o que era muito ruim. Ah, seja bem-vindo ao mundo do parente mais próximo: notícias boas, notícias ruins, feliz, triste, feliz e triste de novo, ao longo de dias que duravam para sempre. A cirurgia fora bem-sucedida, mas de repente não tinha sido, e ela teve de ser levada às pressas de volta para a sala de operação. Ela estava "estabilizada" — seja lá o que isso significasse, mas então todas as suas máquinas ficaram malucas. Foi tanta loucura que, toda vez que um médico espiava a sala de espera, eu olhava ostensivamente em outra direção, como um prisioneiro tentando disfarçar para que seu torturador não pudesse perturbá-lo. As outras pessoas — os estranhos acampados em seus próprios grupos aconchegantes a meu redor — olhavam para cima com esperança; não eu.

Eles permitiram que eu a visse brevemente, em grandes intervalos. Mas não sei se você poderia chamar aquilo de *vê-la*. O rosto dela estava totalmente escondido por tubos, fios e mangueiras. Uma mão estava descoberta sobre o lençol, uma de suas mãos rechonchudas e bronzeadas, com os nós dos dedos mais escuros, mas estava perfurada por outro tubo e cheia de fita adesiva, então eu não podia segurá-la. E seus dedos estavam frouxos e moles como argila. Era óbvio que ela não sentia meu toque, em qualquer circunstância.

— Adivinhe só, Dorothy — eu disse àquela forma sem movimento —, sabe aquele carvalho que vivia me preocupando?

Eu tinha tanta coisa para lhe dizer! Não apenas sobre o carvalho. Nem sei por que mencionei o carvalho. Eu queria dizer: "Dorothy, se eu pudesse apertar o botão de 'rebobinar' agora mesmo e nos levar de volta para nossa casinha, jamais teria me trancado no quarto. Teria seguido você até o solário. Teria vindo por trás de você, quando você estava sentada à escrivaninha, e encostado minha face à sua cabeça morna até que você se voltasse para mim".

Ela teria dado risada se tivesse ouvido aquilo. Até certo ponto, eu teria rido também.

Mas veja só que curioso: meu resfriado tinha desaparecido. Não estou dizendo que sarei; o resfriado simplesmente desapareceu em algum ponto entre o chá que tomei e o momento em que entrei naquela sala de espera. Acho que aconteceu enquanto eles tentavam salvar Dorothy. Eu me lembro de estar sentado sob o cobertor cor-de-rosa de Jim Rust, sem espirrar, nem assoar o nariz. Talvez um resfriado possa ser exorcizado de uma pessoa pela queda de uma árvore, ou por um trauma psíquico. Ou por uma combinação dos dois.

Eles continuaram me dizendo para ir para casa por um momento, para descansar. Na verdade, queriam dizer ir para a casa de Nandina, já que todos achavam que minha casa estava inabitável. Jim e Mary-Clyde me encorajaram, além de todas as pessoas do trabalho e vários colegas aleatórios (evidentemente, o carvalho havia sido mencionado no jornal). Eles chegaram com sanduíches embrulhados em papel laminado e potes plásticos de salada, para os quais eu mal conseguia olhar, menos ainda comer — até mesmo Irene apareceu com uma caixa de bombons caros — e prometeram tomar conta de tudo enquanto eu descansava um pouco. Mas me recusei a sair. Suspeito que achava que, de alguma maneira, estava ajudando a manter Dorothy viva (não ria!). Fiquei com as mesmas roupas sujas e sem fazer a barba, o que me deu coceira.

Depois que Mary-Clyde localizou minha bengala, comecei a fazer caminhadas curtas pelos corredores. Não porque queria, mas porque minha perna começara a doer por falta de uso. Caí uma vez, quando estava indo ao banheiro. Então, decidi escolher um horário logo após meus minutos reservados para Dorothy e informar a equipe para onde estava indo exatamente e quando estaria de volta.

— Tudo bem — eles respondiam, mal escutando o que eu dizia.

Quando me separava dela, passava, agitado, uma série de instruções:

— Vocês precisam checar se ela está aquecida o bastante. Acho que ela não está muito...

— Sim, vamos tomar conta disso. Pode ir.

O que eu queria mesmo era dizer:

— Esta aqui é uma pessoa especial, vocês entendem? Não é só mais uma *paciente*. Quero ter certeza de que vocês sabem disso.

— Aham... — eles teriam murmurado.

Andei para lá e para cá nos corredores com a sensação de que alguma coisa estava se tornando cada vez mais fina: elásticos frágeis se esticando entre mim e Dorothy. Então, vi algumas coisas que preferia esquecer. Vi crianças com olhos enormes, sem cabelo; homens esqueléticos esforçando-se para respirar; e velhos deitados em macas, com tantos sacos plásticos e tubos presos ao corpo que não pareciam mais seres humanos. Olhei para o outro lado. Não podia ver aquilo. Eu me virei e voltei para meus torturadores.

* * *

Os sapatos apareceram à minha frente em uma tarde de quarta-feira. Eu sabia que era quarta porque o jornal, na cadeira a meu lado, tinha uma foto colorida de uma lasanha nojenta de frutos do mar (parece que quarta-feira sempre é dia de comida nos jornais). Os sapatos eram tamancos. Tamancos de couro preto. Acho que era aquilo que a equipe do hospital costumava usar, como eu havia observado. Nada profissional. Olhei para cima. Era um enfermeiro; eu o conhecia. Ou o reconheci, quero dizer. Ele era um dos funcionários gentis. Ele perguntou:

— Sr. Woolcott?

— Sim.

— Venha comigo.

Levantei-me e peguei minha bengala. Eu o segui pela porta e para a UTI. Ainda não era horário de visita. Não fazia nem meia hora que eu tinha acabado de fazer a visita. Eu me senti importante, privilegiado, mas também um pouco, sei lá, apreensivo.

Os fios e tubos tinham sido retirados e ela estava deitada, misteriosamente quieta. Antes eu já achava que ela estava quieta demais, mas não fazia a menor ideia. Eu tinha sido tão ignorante!

3

Havia uma loja de laticínios na Estrada Reistertown, com uma placa de vidro branca iluminada que dizia "A PRIMEIRA PARA CLIENTES SOFISTICADOS". Ela mostrava a silhueta de uma mulher empurrando um carrinho de bebê — uma piada interna, acho — que estava simplesmente *galopando*, dando passos largos e confiantes, em um vestido rodado à altura dos joelhos, embora estivéssemos na era da minissaia. Sempre que minha família passava de carro por aquela placa, eu pensava em minha irmã. Isso foi antes de minha irmã chegar à adolescência, mas, mesmo assim, ainda pensava nela, já que Nandina parecia ter nascido esguia, desajeitada e sem noção nenhuma de moda. Não estou dizendo que ela não era atraente. Ela tinha olhos cinza-claros, uma pele excelente e cabelos castanhos brilhantes que ela sempre usava penteados para trás, presos com uma única presilha prateada. Mas a presilha conta tudo: ela ainda a usava, embora fosse fazer 40 anos no próximo aniversário. Uma menina envelhecida, era o que ela era, e fora assim desde o começo da infância. Usava sapatos de boneca, baixos e achatados como uma barca, para minimizar a altura. Os cotovelos se projetavam como cabides para casacos e suas pernas desciam, retas como bambus, até seus tornozelos de bolas de pingue-pongue.

Na tarde em que Dorothy morreu, ela me levou de carro do hospital para casa e, ao lado dela, invejei sua insensibilidade. Ela manteve as duas mãos no volante, nas posições de 10 e 2 horas, exatamente como nosso pai havia ensinado há tantos anos. Sua postura era impecável (ela nunca tinha sido daquele tipo de mulher que acha que andar com ombros caídos dá a impressão de ser mais baixa). Primeiro, tentou jogar conversa fora — que dia quente, não há previsão de chuva, pobres fazendeiros —, mas, quando viu que eu não estava pronto para isso, parou. Esta era uma boa qualidade de Nandina: ela não se importava com o silêncio.

Passávamos pelos terrenos baldios, nos arrasados arredores do Hopkins, cheios de casas com janelas e portas interditadas por tábuas de madeira e calçadas cheias de lixo. Mas o que me chocou foi como todo mundo era saudável. Aquela mulher puxando o filho pequeno pelo pulso, aqueles adolescentes se empurrando na esquina, aquele homem olhando quase invisivelmente para dentro de um carro estacionado: não havia nada fisicamente errado com eles. Um menino, em um cruzamento, tinha tanta energia que esperava pulando, enquanto passávamos por lá. As pessoas pareciam tão robustas, tão indestrutíveis!

Eu me virei e olhei de relance através da janela traseira para Hopkins, seu domo antigo, as passarelas elevadas e os flancos de prédios altos — uma cidade complexa inteira surgindo à distância, como uma espécie de Camelot. Então, olhei para a frente de novo.

Nandina queria me levar para a casa dela. Ela achava que ninguém poderia viver na minha. Mas eu queria ficar finalmente sozinho, depois de todos aqueles olhares de pena e sussurros de compaixão, e insisti para que ela me levasse para minha casa. Eu deveria ter desconfiado quando ela cedeu facilmente. Acontece que ela já sabia que eu mudaria de ideia quando chegasse lá. Assim que chegamos a meu quarteirão, ela diminuiu a velocidade, para que eu pudesse absorver o efeito dos galhos e ramos acarpetando a rua inteira — *meus* galhos e ramos. Ela finalmente parou em frente à minha casa e desligou o carro.

— Que tal eu ficar esperando aqui — ela propôs —, só para garantir que você vai se sentir confortável na casa?

Por um minuto, não respondi. Só conseguia olhar para a casa. Era verdade que estava muito pior do que eu imaginava. A árvore caída estava por toda parte, não em linha reta, mas espalhada por todo o jardim, como se tivesse se espatifado com o impacto. Todo o lado norte da casa estava desmoronado e o que havia sido o solário estava quase que totalmente achatado no chão. A maior parte do telhado estava coberta por um plástico azul brilhante. Era obra de Jim Rust. Eu me lembrava vagamente de quando ele me contara que faria isso. O plástico caía sobre a trave horizontal da casa de uma maneira que me lembrava o decote entre os seios de Dorothy, quando os bombeiros a trouxeram para fora, mas deixe para lá! Não pense nisso; pense em outra coisa. Eu me virei para Nandina e disse:

— Vou ficar bem. Obrigado pela carona!

— Talvez eu devesse entrar com você.

— Nandina, pode ir.

Ela suspirou e ligou o carro de novo. Dei um beijo rápido em sua bochecha — uma concessão (geralmente não sou carinhoso assim). Então, me icei para fora do carro, fechei a porta e saí andando.

Demorou um pouco até que fosse embora, mas finalmente ela se foi.

No caso de os vizinhos estarem assistindo a tudo pela janela, fiz questão de me aproximar como qualquer outro homem voltando para casa. Apunhalei a calçada da frente com vigor com minha bengala; olhei em redor para os galhos caídos com certo interesse. Destranquei a porta da frente, a abri e a fechei atrás de mim. E me apoiei nela como se tivesse levado um chute no estômago.

Uma luz azul misteriosa enchia o hall de entrada, vinda através da lona azul no telhado, que aparecia por entre os buracos no teto. A sala de estar era uma mata fechada demais para desbravar e é claro que nem tentei enxergar o que havia além do solário. Pisei em um monte de cartas no chão e abri caminho para a parte de trás da casa. Na cozinha, fiquei aliviado ao encontrar apenas alguns pedaços de casca de árvore sobre as superfícies e um vidro quebrado por um galho perdido. Mas a sala de jantar, à direita, estava em ruínas. Fechei a porta depois de uma olhada rápida. Tudo bem. Uma pessoa poderia viver muito bem sem uma sala de jantar! Eu poderia comer na cozinha. Fui até a pia e abri a torneira. A água fluiu imediatamente.

Havia uma caneca dentro da pia, a parte de dentro envernizada de mel seco e pontilhada de serragem, uma colher de chá inclinada a seu lado.

Às vezes, parece que os momentos mais recentes aconteceram há tanto, tanto tempo!

Voltei para o hall de entrada para checar o quarto de hóspedes, o banheiro e nosso quarto. Tudo bem. Talvez eu pudesse transformar o quarto de hóspedes em uma sala de estar provisória, até a reforma terminar. Encontrei um gafanhoto no boxe do banheiro. Deixei que ele ficasse lá. No quarto, fiquei tentado a simplesmente me deitar e cair no sono — na verdade, não tanto no sono, mas em um estado de inconsciência —, mas não cedi. Eu tinha uma tarefa a cumprir. Fui para o lado da cama de Dorothy e abri a gaveta de seu criado-mudo. Meu medo era que ela tivesse levado sua agenda de contatos para o solário, o que às vezes acontecia; mas não, ali estava ela, sob uma edição de *Gerenciamento de Radiologia*.

O sobrenome da família dela era Rosales (o dela também: ela não trocara de sobrenome quando nos casamos). Havia vários Rosales na agenda, todos anotados com a letra rebuscada e estranha de Dorothy, mas me contentei com Tyrone, seu irmão mais velho. Ele tinha se tornado o chefe da família depois que o pai dela morrera e achei que, se ligasse para ele, não precisaria ligar para os outros. Também pensei que, com alguma sorte, a esposa de Tyrone pudesse atender ao telefone, já que, no Texas, mal passava do meio-dia e o próprio Tyrone provavelmente estaria no trabalho. Eu nunca conheci Tyrone ou a esposa dele — ou qualquer outra pessoa da família dela —, mas me pareceu que uma mera cunhada seria menos sujeita a um algum tipo de reação emocional. Estava muito preocupado com a possibilidade de uma reação emocional. Na verdade, não queria fazer a ligação. A gente não poderia continuar com a vida como se nada tivesse acontecido, já que Dorothy nunca via sua família mesmo? Não seria mais sábio? Mas Nandina me disse que eu precisava ligar.

O telefone do outro lado da linha tocou três vezes, o que logo me encheu de esperança com a possibilidade de uma secretária eletrônica (apesar de saber muito bem que seria errado deixar uma simples mensagem). Então, ouvi um clique.

— Alô? — A voz de um homem, grave e resmungada.

— Tyrone Rosales?

— Quem está falando?

— Aqui é... aqui é...

Justo nesta, entre todas as situações inadmissíveis, minha gagueira ia voltar. Eu me forcei a ficar quieto. Respirei fundo.

— Aaron — continuei, bem lentamente. Tenho mais sucesso com palavras que começam com "A", contanto que deslize para elas sem nenhum início mais pronunciado. "Woolcott" poderia apresentar certa dificuldade, então eu disse: — Seu cu... cunha...

— Aaron, o marido de Dorothy? — ele perguntou.

— Aham.

— E aí?

Respirei fundo de novo.

— Tem alguma coisa de errado com ela? — ele perguntou.

Eu disse:

— Um... um... uma árvore caiu sobre a casa.

Silêncio.

— Ela está bem?

Respondi:

— Não.

— Ela morreu?

Respondi:

— Sim.

— Ah! — Tyrone disse. — Meu Deus!

Esperei até que ele absorvesse a informação. Além disso, não falar era bem agradável.

Finalmente, ele perguntou:

— Quando é o velório?

— Não vai hav... haveve... haver velório.

Nandina e eu já tínhamos decidido. E não haveria enterro também; só a cremação. Achei que Dorothy preferiria assim.

Tyrone disse:

— Sem velório.

Uma pausa.

— Mas ela foi criada na religião — ele argumentou.

— Sim, m... mas...

Parecia melhor deixar a conversa neste patamar: "Sim, mas...".

— Bem — Tyrone disse, um minuto depois —, de qualquer maneira, não seria fácil deixarmos os animais aqui.

— Certo.

— Ela sofreu?

— Não!

Respirei fundo mais uma vez.

— Não — eu disse —, ela não sofreu.

— Ela sempre foi voluntariosa. Quando decidia alguma coisa...

— É verdade.

— Eu me lembro de uma vez, quando éramos crianças, e eu e outros meninos estávamos mascando piche mole da estrada. Era um dia muito quente. Dorothy chegou e a gente disse: "Aqui, Dorothy, experimente um pouco também". E ela falou: "Vocês estão de brincadeira?" e "por que é que vou querer comer uma *estrada*?".

Isso parecia mesmo com o jeito de Dorothy. Eu poderia ouvi-la dizendo aquilo. Dorothy ainda criança sempre tinha me parecido inimaginável, mas agora conseguia imaginá-la claramente.

— Ela ganhou esse nome por causa da menina em *O Mágico de Oz* — Tyronne disse. — Acho que ela deve ter mencionado isso.

— Ah, não. Ela não mencionou.

— Foi ideia de nosso avô. Foi ele quem deu todos os nossos nomes. Ele queria garantir que todos soassem americanos.

— Entendo.

— Então... — ele começou — Bem, de qualquer forma, obrigado por ligar! Sinto muito pela sua perda.

— E eu, pela *sua* perda — respondi.

Nada mais havia para qualquer um de nós dizer, apesar de sentir uma estranha relutância em permitir que ele desligasse. Por um momento, enquanto ele falava, Dorothy tinha sido, de novo, como era antes: voluntariosa, firme e teimosa. Não a vítima passiva que tinha se tornado em seus últimos dias.

* * *

Ainda bem que eu tinha um emprego. Meu trabalho foi minha salvação. Chegava cedo, não tinha intervalos, não parava nem para almoçar. O único problema eram meus colegas, aparentemente tristes e muito solícitos. Bem, com exceção de Irene. Ninguém poderia acusar Irene de solicitude. Mas eu a estava evitando porque, não sei, acho que, ao longo dos anos, havia tido uma paixonite por ela e, agora, aquilo me parecia obsceno. De repente, eu nem gostava dela mais.

Então, fazia questão de chegar ao escritório antes dos outros, corria para minha sala e fechava a porta atrás de mim. Mais tarde, escutava Nandina chegando, ou pelo menos achava que era Nandina, já que chegar cedo, para ela, era uma regra. Então, Charles e Peggy, e finalmente Irene. Eu ouvia sussurros na sala lá fora, risadas e telefones tocando. Às vezes, Peggy batia à minha porta com as pontas dos dedos.

— Aaron? Você está aí?

— Aham.

— O café está pronto. Quer que eu traga para você?

— Não, obrigado.

Hesitação. E depois aqueles sapatos de sola macia arrastando-se para longe.

Eu nunca havia planejado trabalhar na empresa da família. Fizera faculdade em Stanford, do outro lado do continente, e lá esperava permanecer e conquistar meu lugar no mundo. Mas meu pai teve seu primeiro ataque cardíaco logo que me formei. Ele me pediu para voltar para casa e tomar conta de tudo enquanto se recuperava. Olhando para trás agora, vejo como me deixei ser enganado. Na verdade, Nandina estava tomando conta de tudo muito bem. Acho que eu simplesmente gostava de pensar que alguém precisava de mim. Além disso, eu não tinha nada mais específico em mente, com meu diploma em Língua Inglesa.

Na época de meu tataravô, chamava-se a empresa de "editora de cavalheiros", o que era um eufemismo para "editora que publica livros à custa dos autores". Até hoje, éramos meio reticentes em relação a isso, apesar da palavra "cavalheiros" ter sido substituída, em tempos modernos, por "independentes". Mesmo assim, o princípio ainda era o mesmo. A maioria de nossos autores *nos* pagava, e eles não recebiam nada bem minhas sugestões sobre a edição do texto, apesar de, acredite, precisarem delas, e muito.

Na verdade, se não fosse por Charles, depois que aqueles esquemas de "publicação independente" começaram a aparecer na Internet, eu poderia muito bem ter ficado sem emprego. Charles era nosso representante de vendas e inventou, sozinho, o conceito da série *Para Iniciantes* — *Guia de Vinhos para Iniciantes*, *Orçamento Mensal para Iniciantes*, *Treinamento de Cães para Iniciantes*. O conceito se assemelhava ao daquela coleção *Para Dummies*, mas sem o tom de voz de líder de torcida — eram livros mais dignos. E o projeto gráfico era muito mais clássico, com páginas com corte rústico, encadernação com lombada, capa dura, brilhante e cara. Além disso, éramos mais específicos — às vezes, até de maneira absurda, se quiser saber (veja, por exemplo, o *Armário de Especiarias para Iniciantes*). Tudo se torna gerenciável quando dividido em nichos pequenos o bastante — esta era a teoria, mesmo para as lições mais complicadas da vida. Assim, não era o *Livro de Receitas para Iniciantes*, mas *Sopas para Iniciantes*, *Sobremesas para Iniciantes* e *Jantares para Iniciantes*, o que guiava o leitor ao longo de uma refeição perfeita para seus convidados, do começo ao fim, incluindo a lista do supermercado. Não era *Educação dos Filhos para Iniciantes*, mas *Bebês que sofrem de Cólicas para Iniciantes* — nosso *best-seller*, em sua forma mais modesta, e ainda sendo reimpresso desde o lançamento.

Eu era responsável por editar todos eles sozinho, e Irene supervisionava o projeto gráfico — mesmo que os chamasse de "livros-presente". Então, Charles começou a promover a coleção como se fosse um homem possuído. Ele estava convencido de que, mais cedo ou mais tarde, a série nos deixaria ricos, apesar de isso não ter acontecido até agora.

As pessoas muitas vezes se referiam a nós como "a editora dos Iniciantes", mas com certeza não era esse nosso nome. Pelo amor de Deus, não! Não inspiraria nem um pouco de confiança. Nós éramos a Editora

Woolcott, as palavras escritas em letras de fonte alta, esguia e sem serifa, todas em caixa baixa, o que já foi considerado muito moderno (mas impresso apenas na capa dos livros da série *Iniciantes*, é claro, já que as lombadas eram muito finas).

Nas primeiras semanas após a morte de Dorothy, eu estava trabalhando no *Observação de Pássaros para Iniciantes*. Como sempre, um especialista, um ornitólogo da Universidade de Maryland, havia sido contratado para fornecer a matéria-prima, e o resultado fora uma sobrecarga de informações incoerentes que eu estava lutando para colocar em ordem — também como sempre.

Geralmente, eu me concentrava na imagem mental de um leitor específico, da mesma maneira que mandam os grandes oradores dirigirem suas palavras a um ouvinte específico. Eu tinha decidido que nosso leitor, nesse caso, era uma moça que havia sido convidada para uma sessão de observação de pássaros por um rapaz de quem gostava. Seria o primeiro encontro deles. É claro que ninguém esperaria que ela soubesse os nomes em latim para os pássaros que via (apesar de meu especialista estar doido para fornecê-los), mas precisava de ajuda ao escolher quais roupas usar, qual equipamento levar e quais perguntas fazer. Ou será que deveria ficar em silêncio absoluto? Como se esperava, meu especialista nem pensou em resolver essas questões. Liguei para consultá-lo, várias vezes. Deixei notas escritas à mão nas margens. Eu risquei, risquei e risquei. Acabei ficando com um livro *fino* demais e tive de ligar para ele mais uma vez.

No final de cada dia, guardava tudo em minha mesa, pegava minha bengala, me levantava e me aproximava da porta de minha sala. Então, endireitava os ombros e assumia uma expressão que esperava ser animada e distraída. Então, abria a porta e saía.

— Aaron! Já vai?

— E como vão os passarinhos, Aaron?

— Você quer ir jantar lá em casa hoje?

A última pergunta era de Nandina, que também tinha sua própria sala, e bem maior que a minha. Nesses dias, sempre inventava um jeito de estar na sala externa, bem na hora de eu ir embora.

— Ah — eu respondia, — acho que vou para casa mesmo. Mas obrigado!

Peggy amassava um lenço com borda de renda enquanto me olhava. Charles ficava com os olhos fixos em seu computador, o rosto ruborizado de vergonha. Irene se espreguiçava na cadeira e levantava a cabeça, calculando o tamanho do dano.

— Boa noite a todos! — eu dizia.

Então saía, pela pesada porta de carvalho, para a rua, finalmente a salvo.

* * *

Chegando em casa, encontrava pratos de comida na varanda. Acho que meus vizinhos tinham combinado algum tipo de esquema de rodízio entre eles, embora estivessem superestimando minhas refeições diárias. Havia quentinhas de papel-alumínio e caixas de isopor e refratários com todo tipo de prato (e que teriam que ser lavados e devolvidos depois), todos alinhados em fila e cheios de fita adesiva para que eu soubesse a quem agradecer: "Pensando em você. Os Ushers"; "Asse sem tampa a 350º até ficar dourado e borbulhar. Mimi". Eu destrancava a porta da frente e então me virava para manobrar tudo aquilo para dentro. Dali, levava um por um dos itens para a cozinha, deixando minha bengala para trás sempre que precisava das duas mãos para carregar algo que pudesse derramar. Colocava tudo ao lado da pia, antes de começar a incluir tudo em uma lista que eu mantinha sobre o balcão. Uma coluna das "oferendas" anteriores quase enchera a página: "Sue Borden —

Ovos Recheados Gratinados; Jan Miller — um tipo de curry". Os primeiros nomes estavam riscados porque eu já tinha mandado cartões de agradecimento para eles.

"Preciso me lembrar de comprar mais selos." Estava usando muito selos naqueles dias.

Depois de anotar cada prato, jogava tudo no lixo. Odiava jogar comida fora, mas minha geladeira estava lotada e eu não sabia mais o que fazer. Assim, a salada de frango, o macarrão ao forno, os tomates com pesto... lixo, lixo, lixo. Era como se estivesse eliminando o atravessador: direto da varanda para a lata de lixo, sem pausa intermediária na mesa da cozinha. Às vezes, sem pensar, interceptava uma coxa de galinha ou uma costelinha e a roía enquanto trabalhava. Enquanto enxaguava o pirex, abria caminho em um cheesecake estacionado ao lado da pia, apesar de não gostar muito de cheesecake, especialmente esse que ficava mais melado a cada vez que o tocava com os dedos molhados. E então, de repente, já estava satisfeito e meus dentes me davam aquela sensação saburrenta de ter comido açúcar demais, apesar de nem ter me sentado para fazer uma refeição propriamente dita.

Eu enxugava o refratário e o deixava na varanda, com um *post-it* grudado sobre ele: "Mimi". Lá fora, era quase crepúsculo, aquele tipo de crepúsculo verde-claro que você vê ao final de um dia de verão. Eu podia ouvir as crianças gritando e um rastro de música do rádio de um carro que passava por ali. Entrava de novo no hall e fechava a porta.

Em seguida, vinha a hora da correspondência, que cobria o chão do hall de entrada e se mostrava uma ameaça à vida e a meus membros, toda vez que pisava sobre ela. Eu recolhia todas as cartas e as levava para a cozinha. Agora, a cozinha era minha sala de estar. Nunca tinha feito nada a respeito de meu plano de transformar o quarto de hóspedes. Usava a mesa como escrivaninha, com o talão de cheques, a agenda de endereços e outros materiais de escritório enfileirados na outra ponta.

Ah, mas como eu estava em dia com minhas responsabilidades! Eu pagava minhas contas no dia em que chegavam, sem esperar a data de vencimento. Jogava os catálogos e folhetos de propaganda no lixo reciclável na hora. Abria cada cartão de pêsames e o lia com o maior cuidado, porque sempre havia a chance de alguém revelar algo novo sobre minha esposa. Alguém de seu trabalho, por exemplo: "A dra. Rosales era altamente qualificada e sentiremos sua falta no Centro de Radiologia". Bem, esse era mais um ponto de vista sobre o que eu já sabia. Ou uma antiga paciente: "Fiquei tão triste ao ler sobre a ~~morte da sua a sua perda~~ dra. Rosales no jornal. Ela me ajudou muito depois da minha ~~mastecto~~ cirurgia, respondendo a todas as perguntas e me tratando ~~normalmente~~ com dignidade". Suspeitei que fosse um primeiro rascunho enviado por engano, mas isso só tornava o cartão mais significativo, porque revelava os sentimentos mais sinceros da paciente. Ela valorizava as mesmas qualidades de Dorothy que eu: sua atitude sem rodeios, a maneira como evitava a condescendência. Aquela era a Dorothy por quem eu tinha me apaixonado.

Eu respondia a cada um imediatamente.

"Caro dr. Adams,
Muito obrigado por sua carta. Você foi muito gentil em escrever.
Atenciosamente,
Aaron Woolcott."

"Cara sra. Andrews,
Muito obrigado por sua carta. Você foi muito gentil em escrever.
Atenciosamente,
Aaron Woolcott."

E, então, para a brigada da comida:

"Cara Mimi,

Muito obrigado pelo macarrão ao forno. Estava delicioso.

Atenciosamente,

Aaron."

"Cara família Usher,

Muito obrigado pelo cheesecake. Estava delicioso.

Atenciosamente,

Aaron."

Depois disso, o serviço de casa. Havia o bastante para me manter ocupado.

Primeiro, varrer o hall de entrada. Aquilo não tinha fim. Todo dia, quando acordava, e toda noite, quando vinha para casa, uma camada fresca de pó branco e pedaços de gesso cobria o chão do hall. Às vezes, também havia tufos de uma penugem cinza. Mas o que era aquilo? "Algum tipo de isolamento térmico fora de moda", pensei. Parei de varrer e olhei para as vigas. Não era algo que conseguisse olhar por muito tempo, pareciam as entranhas de alguém.

Depois, lavar a roupa, exatamente duas vezes por semana — uma para as roupas brancas e a outra para as coloridas. A primeira vez que lavei as brancas, me senti solitário. A leva incluía duas camisas de Dorothy, um par de calcinhas de algodão e seus pijamas listrados. Eu tive que lavá-los, secá-los, dobrá-los, guardá-los nas gavetas corretas e alinhar as pontas, arrumá-los e alisá-los. Mas, depois dessa, as outras foram mais fáceis. Não era uma tarefa desconhecida, afinal. Geralmente, ficava com quem precisava de roupas limpas primeiro e, normalmente, era eu. Agora, eu gostava de descer as escadas para o porão frio e meio escuro, onde não havia o menor sinal do carvalho. Às vezes, ficava lá embaixo um pouco, depois de transferir as roupas molhadas da máquina de lavar para a secadora, descansando as palmas das mãos sobre a superfície da secadora e sentindo-a vibrar e esquentar.

Então, ia pegar as coisas jogadas na cozinha e no quarto. Nada de mais. Dorothy era a "acumuladora" de nossa família. Mas nessa altura eu já tinha recolhido várias peças de roupa dela pela casa e tinha levado seu pente e seu remédio para alergia para o armário dos remédios. Eu não fazia nenhum esforço para jogar coisas fora. Ainda não.

É claro que, à noite, o telefone tocava várias vezes, mas eu sempre checava o identificador de chamadas antes de atender. Se fosse Nandina, tinha que atender. Ela viria até minha porta em pessoa se eu não garantisse a ela que estava no mundo dos vivos. Mas os Millers, sempre me chamando para ouvir a sinfonia com eles, ou a eterna Mimi King... Felizmente, tive o bom senso de desativar a secretária eletrônica. Eu a tinha deixado ligada por um tempo, e o fardo de culpa pelas ligações não retornadas quase acabou comigo, até me lembrar do botão "Desligar".

— Estou bem — dizia a Nandina. — E como *você* está desde as 5 horas, a última vez que a vi?

— Não sei como você está aguentando — ela dizia. — Onde é que você se senta? Como é que ocupa suas noites?

— Eu tenho vários lugares para me sentar e ocupações não me faltam. Na verdade, neste momento mesmo eu... Ah, não. Preciso desligar!

Desligava e olhava para o relógio: 8 horas. Ainda?

Eu sacudia o pulso para garantir que o segundo ponteiro estivesse se mexendo. E estava.

Às vezes, a campainha tocava. Ah, como odiava aquela campainha! Era um toque em duas notas, com uma voz dourada, "dingdong". Uma coisa meio de igreja, meio arrogante. Mas me sentia compelido a atender, porque meu carro estava estacionado lá fora e era óbvio que eu estava em casa. Suspirava e me encaminhava para o hall. Na maioria das vezes, era Mary-Clyde Rust. Não tanto Jim. Jim parecia estar tendo problemas para pensar no que dizer para mim nesses dias, mas Mary-Clyde definitivamente não tinha esse problema:

— Olhe, Aaron — ela dizia —, sei que você não quer companhia, então não vou me intrometer. Mas preciso ver se você está bem. Você está bem?

— Estou, obrigado.

— Então, está bem. Fico feliz em saber.

Ela acenava animada e afirmativamente com a cabeça, girava sobre os calcanhares e ia embora.

Preferia os vizinhos que me evitavam. As pessoas que olhavam de repente em outra direção se estivessem levando os cachorros para passear quando eu saía de casa, pela manhã. Aquelas que entravam em seus carros com as costas retas, taticamente voltadas para mim enquanto eu entrava em meu carro.

Certa noite, a campainha tocou, fui atender e era um homem que eu não conhecia, um homem em formato de barril, com uma barba castanha e curta e cabelos castanhos, com fios grisalhos, que mais pareciam um esfregão sobre sua cabeça.

— Gil Bryan — ele se apresentou. — Empreiteiro — e me deu um cartão de visitas.

A lâmpada lá de fora fazia a pele suada, debaixo de seus olhos, brilhar de uma maneira que achei digna de confiança. Foi a única razão pela qual não fechei a porta de novo. Ele disse:

— Eu sou o cara que colocou a lona em seu telhado.

— Ah, sim.

— Vejo que o senhor ainda não mandou arrumar o telhado.

— Ainda não — respondi.

— Bom, aqui está meu cartão, se um dia quiser que alguém o conserte.

— Obrigado.

— Sei que esta deve ser a última coisa que passa pela sua cabeça, neste momento.

— Bem, obrigado — respondi. Então, fechei a porta, mas lentamente, para não ofendê-lo. Gostei da maneira como ele disse aquilo. Mesmo assim, joguei o cartão dele na tigela de porcelana, porque estava ignorando o telhado propositalmente, assim como havia ignorado aqueles médicos espiando a sala de espera. "Telhado? Que telhado?", eu deveria ter perguntado para o sr. Bryan. "Não vejo nada de errado com o telhado."

* * *

O horário mínimo que me permitia ir para a cama era às 9 horas da noite. Eu me convenci a ler um pouco antes de desligar a luz; não dormiria imediatamente. Estava com uma biografia enorme de Harry Truman, que começara a ler antes do acidente. Mas não conseguia avançar muito. "A leitura é a primeira a ir", minha mãe dizia, querendo dizer que era um luxo que o cérebro dispensava sob coação. Ela jurava que, depois da morte de meu pai, nunca conseguira ler nada mais exigente que o jornal, pela manhã. Na época, achei que era muito melodrama da parte dela, mas agora me flagrava lendo o mesmo parágrafo seis vezes e, mesmo assim, não saberia dizer do que se tratava. Minhas pálpebras ficavam pesadas e eu acordava, de repente, com o livro escorregando da cama e caindo no chão.

Então, pegava o controle remoto e ligava a TV, que ficava sobre a cômoda. Eu assistia — ou só olhava vitrificado — a documentários, debates e comerciais. Ouvia os locutores anunciando os efeitos colaterais dos remédios que tentavam vender.

— Ah, claro — dizia a eles —, vou sair correndo e comprar isso aí amanhã mesmo. Por que deixar uma pequena diarreia me incomodar, ou uma insuficiência renal, ou um ataque cardíaco?

Dorothy odiava quando eu respondia assim.

— Você se importa? — ela perguntava. — Não consigo ouvir nada do que estão dizendo.

Essa televisão era pequena, aquela televisãozinha extra na qual às vezes assistíamos ao jornal da noite ou quando estávamos nos preparando para dormir. A maior ficava no solário. Era uma Sony Trinitron antiga. Jim Rust me dissera, no hospital, que fora a TV que amassara o peito de Dorothy; os bombeiros contaram que ela tinha caído do suporte, no canto. Os aparelhos Sony Trinitron são famosos por seu peso incomum.

Um tempo atrás, Dorothy e eu tínhamos conversado sobre comprar um daqueles aparelhos de TV com som estéreo e tela plana, mas decidimos que não tínhamos dinheiro suficiente. Se tivéssemos uma TV de tela plana, será que Dorothy ainda estaria viva?

Ou se o paciente dela não tivesse cancelado... Ela nem estaria em casa na hora em que a árvore caiu.

Ou se ela tivesse ficado na cozinha em vez de ir para o solário.

Se eu tivesse dito: "Vamos ver se *eu* consigo achar esses Triscuits", ido à cozinha para ajudá-la a procurar e então me sentado com ela à mesa, enquanto ela comia os biscoitos.

Mas não, não. Eu tive que sair pisando duro e ficar de mal no quarto, como se o fato de ela se recusar a se conformar com os Wheat Thins tivesse alguma importância.

Ah, e todos aqueles hábitos irritantes dela que eu costumava criticar: a trilha de lenços de papel amassados e canecas de café vazias que ela deixava logo depois de acordar, sua desconsideração em relação a questões mais refinadas sobre a ordem e o conforto domésticos. E daí?

Sua tendência a exagerar um pouco a importância de seu diploma de medicina quando conhecia gente nova. "Prazer, dra. Rosales", ela dizia, em vez de "Meu nome é Dorothy", de maneira que você conseguia enxergar aquele jaleco branco mesmo quando ela não o estava usando (não que ela conhecesse gente nova com muita frequência: nunca tinha visto muito sentido em se socializar).

E aqueles sapatos meio ortopédicos que ela preferia: às vezes, eles me pareciam hipócritas. Uma demonstração da seriedade dela, de sua nobreza — uma repreensão a todos nós.

Tomei gosto por me alimentar desses pequenos defeitos e não apenas por refletir sobre a razão de me irritarem tanto. Eu desejava que eles ainda me irritassem, para que eu pudesse parar de sentir saudade dela!

Mas, de alguma forma, não funcionava desse jeito.

Eu queria poder ter dito a ela que ficara de vigília no hospital. Odiava pensar que ela pudesse ter sentido que estava passando por tudo aquilo sozinha.

E ela não teria se divertido com todas aquelas travessas de macarrão ao forno?

Acho que esta é uma das piores coisas de se perder a própria esposa: é a única pessoa com quem você poderia discutir tudo isso.

* * *

A TV se infiltrou em meu sono, se é possível chamar de sono esse estado irregular de semiconsciência. Sonhei que a guerra no Iraque estava ficando mais complicada e que Hillary Clinton estava fazendo campanha para a nomeação do Partido Democrata. Rolei sobre o controle remoto e, de repente, alguém gritou:

— ... em aço inoxidável, afiada, e usada por chefs...

Eu me sentei rápido na cama, os olhos arregalados e o coração batendo forte, com a boca seca como gaze. Desliguei a TV e me deitei novamente. Fechei os olhos e resmunguei entre os dentes:

— Vá dormir, mas que inferno!

Você poderia achar que sonhei com Dorothy, mas não. A coisa mais próxima disso foi a lufada de álcool isopropílico sobre a qual alucinei durante a noite, antes de cair no sono de novo. Ela trazia aquele cheiro em sua pele, no final de cada dia de trabalho. No começo de nosso casamento, eu costumava ter sonhos bem vívidos sobre visitas do médico da família em minha infância, vacinações e assim por diante, evocados pela fragrância de álcool enquanto dormia ao lado dela. Agora, o fantasma desse cheiro me deixava acordado e alerta, e uma ou duas vezes cheguei a dizer seu nome em voz alta:

— Dorothy?

Mas nunca recebi uma resposta.

* * *

As travessas de macarrão ao forno foram se tornando menos frequentes, e as cartas pararam de chegar. Como as pessoas conseguem seguir em frente tão facilmente? Bem, sim, é claro. Novas tragédias acontecem todos os dias. Eu tinha que reconhecer isso.

Parecia meio insensível fazer meu check-up dental semestral, mas fui. Então, comprei meias novas. Meias, entre tantas coisas! Tão triviais! Mas todas as minhas meias velhas estavam furadas no dedão.

Uma noite, meu amigo Nate me ligou — WEISS N. I. em meu identificador de chamada. Ele, eu atenderia sem problemas. Logo de cara, falei:

— Nate! Como vai? — sem esperar que ele se anunciasse primeiro.

Mas aquilo evidentemente foi um erro, porque pude sentir uma breve hesitação antes que ele dissesse:

— Olá, Aaron! — em voz baixa, muito lúgubre, nada parecida com o estilo dele.

— Que tal um jogo amanhã? — perguntei.

— Como é?

— Um jogo de raquetebol! Estou ficando velho aqui. Todas as minhas articulações estão enferrujando.

— Ah, bom, mas... Eu liguei para convidá-lo para jantar — ele disse.

— Jantar?

— Sim, a Sonya disse que precisávamos convidar você para uma visita.

Sonya devia ser a esposa dele. Eu não a conhecia. Acho que ele deve tê-la mencionado algumas vezes, mas não tínhamos aquele tipo de amizade. Tínhamos uma amizade de raquetebol. Nós nos conhecemos na academia.

Respondi:

— Visita... à sua casa, você quer dizer?

— Isso.

— Bom... Meu Deus, Nate, não sei. Nem sei onde você mora!

— Moro em Bolton Hill — respondeu.

— E também é que... ultimamente ando muito ocupado com o trabalho. Você nem imagina como estou ocupado! Mal tenho tempo para comer um sanduíche. E, quando tenho tempo, tem tanta comida sobrando na geladeira, assadeiras... assadeiras... de macarrão e... cheesecakes. É praticamente um emprego em tempo integral simplesmente fa-fazer iss-s-so tudo... comer tudo!

— Entendo — ele disse.

— Mas obrigado.

— Tudo bem.

— Diga à Sonya que agradeço a lembrança.

— Tudo bem.

Eu quis revisitar a ideia do raquetebol, mas tinha feito tanta questão de dizer que andava ocupado que achei que seria um erro. Então, simplesmente me despedi.

Nem meia hora depois, o telefone tocou de novo. Dessa vez era TULL L. Atendi, mas já estava mais atento dessa vez. Tudo que disse foi:

— Alô.

— Oi, Aaron, é Luke.

— Oi, Luke.

— Posso entender por que você não quis ir à casa de Nate.

— Como é?

— Ele me contou que você recusou o convite.

Eu disse:

— Você está falado de Nate Weiss?

— Sim, ué!

— Você *conhece* Nate Weiss?

— A gente se conheceu na sala de espera do hospital, lembra? Quando nós dois fomos fazer a visita.

Isso vinha acontecendo bastante ultimamente. Juro que não me lembrava mesmo da visita dos dois, e muito menos que tinham se conhecido. Mas disse:

— Ah, é mesmo!

— Ele disse que teve a impressão de que você ainda não está pronto para um jantar.

— Não, mas para um jogo de raquetebol... — respondi. — Estou me coçando aqui para jogar de novo.

Houve uma pausa. Então, Luke disse:

— Infelizmente, não sei jogar raquetebol.

— Ah.

— Mas estava pensando se não seria demais, para você, suportar reunir todo mundo, e as esposas também, agora...

— Ah, não. *Por Deus*, não! — respondi, todo jovial. — Isso não me perturba nem um pouco.

Outra pausa. Então, ele disse:

— Estava pensando se você gostaria de vir ao restaurante, então.

Ele queria dizer o restaurante *dele*, que foi a razão pela qual fomos apresentados, na época do *Jantar Fora para Iniciantes*. Respondi:

— Bom, boa ideia, Luke! Talvez na próxima...

— Só eu, você e o Nate. Só os homens. Sem esposas. A gente poderia jantar cedo e, então, você poderia ir para casa quando tivesse vontade. O que acha?

Não queria fazer aquilo também, mas o que podia dizer? Ele tivera a boa vontade de organizar tudo. Os dois tiveram boa vontade. Duvido que teria feito o mesmo se estivesse no lugar deles. Eu era mais do tipo "seguindo em frente"; do tipo "talvez, se eu não mencionar sua perda, você esqueça o que aconteceu".

Para falar a verdade, desejei que *eles* fossem assim também.

Mas tudo bem: era preciso acabar logo com aquilo. Encontrei os dois logo após o trabalho, na noite seguinte, uma terça-feira chuvosa e cheia de vento no meio de setembro. Havia chovido o dia inteiro e as condições na estrada estavam terríveis. Ainda por cima, não conseguia encontrar vaga para estacionar. Quando finalmente entrei no restaurante (toalhas de linho branco, piso de tábuas largas, certa amabilidade cansada), Nate e Luke já estavam sentados a uma mesa. Eles formavam uma dupla pouco provável. Nate era sofisticado, sombrio e profissional em seu terno preto de advogado, enquanto Luke era um daqueles tipos de uma cor só, cabelo-bege-pele-bege, em calças cáqui esfarrapadas e com uma barriguinha protuberante. No entanto, pareciam não ter problemas para encontrar assuntos para discutir, a julgar pela maneira como as cabeças estavam próximas. Tive a clara impressão de que estavam falando sobre mim: como lidar comigo, quais tópicos seria seguro discutir comigo. Mal tinha puxado a cadeira para me sentar quando Nate perguntou:

— E esse *tempo*, hein? — em um tom jovial com o qual eu não estava familiarizado.

E Luke emendou a pergunta com:

— Você tem acompanhado os Orioles?

Eu me senti compelido a responder em uma voz gentil, mais alta que o normal e com mais entusiasmo:

— Sabe que não tenho acompanhado os Orioles ultimamente? — respondi, e imediatamente quis tomar as palavras de volta, porque sabia que seria mal interpretado.

E foi o que aconteceu. Nate disse:

— Bem, é claro que não tem acompanhado. Você tem coisas muito mais importantes com que se preocupar.

— Não, eu só quis dizer que...

— Você dois deveriam experimentar as ostras! — interrompeu Luke. — Já está na época de ostras!

Luke era um homem tão quieto que era bizarro vê-lo tão animado. Além disso, ele claramente se sentia pouco à vontade ali, parado, em seu local de trabalho. Ficava olhando de relance para as outras mesas, erguendo as sobrancelhas de maneira significativa para os garçons, fazendo cara feia por cima da cabeça de Nate em direção à cozinha.

— Pessoalmente, recomendo as ostras cruas — ele me disse, de maneira distraída —, mas, se preferir, pode pedir as... hum... — então parou para tentar ouvir o que um homem baixo, de avental manchado, sussurrava em seu ouvido.

— ... as ostras à Rockefeller, ostras à Rockefeller — Nate completou a frase para ele. — São ótimas! Eles usam um bacon especial que vem do norte do Estado de Nova York.

— Você já comeu aqui antes? — perguntei.

— Sim, nós viemos aqui semana passada — respondeu e, então, deu um leve sorriso, que não consegui entender no momento. Será que foi porque ele deixou escapar que ele e Luke já tinham se encontrado antes, talvez para cogitar sobre o "problema do Aaron"? Não, pensando bem, deve ter sido o "nós" que o constrangeu, porque, em seguida, ele disse, como se estivesse se corrigindo: — Depois que o conheci, pensei em experimentar a comida daqui.

Então, aparentemente, o plano daquela noite era evitar mencionar qualquer coisa sobre esposas. Fingir que nenhum deles tinha esposa. Enquanto isso, Luke, que tinha se virado para nós depois que o homem do avental fora embora, disse:

— Desculpe, mas a chef ficou sem costeletas de cordeiro, só isso — e eu sabia que ele era casado com a chef. Sob circunstâncias normais, ele teria dito que Jane ou Joan ou sei lá qual era o nome dela ficara sem costeletas de cordeiro, e também a teria apresentado para mim. Mas aquelas não eram circunstâncias normais.

Eu me tornei perverso. Às vezes, isso acontece. Comecei a mencionar esposas pelos cotovelos — cada elocução da palavra "esposa" caindo com um baque surdo sobre a mesa como uma pedra.

— Sua mulher também gostou das ostras à Rockefeller? — perguntei a Nate.

Ele se mexeu na cadeira e respondeu:

— Ah, hum... Ela não come frutos do mar.

— Você sabe, nunca parei para pensar nisso... — disse a Luke. — Sua mulher virou chef antes de vocês se casarem ou depois?

— Ééé, na verdade, foi antes — respondeu. — Bom, precisamos tomar uma decisão sobre o vinho. — E, acomodando-se mais à frente na cadeira, chamou o garçom, ansioso.

Então, me compadeci e deixei a conversa fluir para canais mais ou menos normais. Nate se revelou um amante da comida pela comida, falando sem parar sobre fazendas de ostras e o melhor fornecedor de carne de porco orgânica. Luke, de quem se esperaria a maior preocupação com esse tipo de coisa, não parecia nem um pouco interessado e passou a maior parte do tempo de olho naquilo que as outras pessoas estavam comendo, ou não comendo o suficiente, ou com o que elas pareciam satisfeitas. Dentro de um período suportável de tempo, conseguimos sobreviver àquela noite.

— Precisamos fazer isso de novo! — disse Nate, enquanto nos despedíamos, e Luke reforçou:

— Sim! Vamos fazer disso uma coisa frequente!

Ah, ou não. Mas fiz que sim com a cabeça, cheio de entusiasmo, e apertei as mãos deles. Agradeci a Luke pelo jantar, que ele se recusou a nos deixar pagar.

Não agradeci a nenhum dos dois pelo evento em si — pelo ato de se reunirem comigo. Isso implicaria que aquilo teria sido um gesto de caridade e, com certeza, eu não precisava de caridade alguma.

Então, levantei meu colarinho, acenei de maneira desenvolta para os dois, com minha bengala, e segui em meio ao temporal da maneira mais pretensiosa possível.

Mesmo assim, tenho que dizer que me senti um pouco, talvez, desolado, enquanto dirigia sozinho para casa.

* * *

A luz do lado de fora deveria se acender automaticamente ao anoitecer, mas parece que a lâmpada queimara. Mais um aborrecimento sob a chuva. Pisei em algumas poças enquanto andava pela calçada até minha casa, e a barra da calça já estava bem molhada. Destranquei e enfiei a mão pela porta, para acender a luz do hall de entrada, mas, pelo jeito, estava queimada, também. E, ao tentar abrir a porta totalmente, encontrei algum tipo de resistência. Um barulho de alguém pisando em cascalho me assustou. Olhei para o hall escuro e consegui enxergar o contorno de vários objetos brancos e irregulares. Eu os cutuquei com um pé. Pedras? Não, gesso. Pedaços de gesso. Empurrei a porta com mais força e ela se abriu mais alguns centímetros. Meus olhos já estavam ajustados à escuridão. Contra a cor preta do chão, vi fragmentos brancos e então um monte de branco — pedrinhas, torrões e folhas brancas. Pensando bem, o ar que eu estava respirando naquele momento estava cheio de pó. Senti a vontade de tossir se acumular na garganta. E então ouvi um gotejar alto e contínuo, vindo de algum lugar dentro da casa.

Fechei a porta de novo. Voltei para o carro, pisando nas mesmas duas poças novamente, e me sentei atrás do volante, onde passei vários minutos recompondo os pensamentos. Então, respirei fundo, tremendo, e coloquei a chave na ignição.

E foi assim que fui morar com minha irmã.

4

Nandina morava na casa em que crescemos, um sobrado com uma grande varanda à frente e telhado marrom, ao norte de Wyndhurst. Mesmo sob a chuva, ficava a apenas cinco minutos de carro. Quase desejei que ficasse mais longe. Chegando lá, estacionei em frente à casa, mas fiquei no carro por um minuto, pensando em como deveria dizer aquilo. Não queria confessar o estado real de minha casa, porque Nandina já estava me enchendo a paciência há semanas para que eu começasse a reforma. Mas se eu simplesmente aparecesse sem nenhuma explicação e pedisse meu antigo quarto de volta, ela pensaria que eu estava tendo uma crise nervosa ou alguma coisa assim. Ficaria toda maternal e cuidadosa. Ela ficaria *emocionada*.

Bem, como acontece às vezes, ela me surpreendeu. Abriu a porta da frente quando apertei a campainha e então analisou a situação — meu cabelo molhado, as roupas úmidas, os flocos de gesso branco presos à barra da minha calça. Então, disse:

— Entre e fique no tapete, enquanto vou buscar uma toalha.

— É que... entrou um pouco de água no hall de entrada — contei a ela.

Ela estava a caminho da cozinha, mas gritou de volta:

— Tire os sapatos e deixe-os aí.

— Eu estava pensando em... Só por esta noite...

Mas ela tinha desaparecido. Fiquei ali, pingando sobre o tapete, inspirando os cheiros de minha infância — cera em pasta da Johnson e papel de parede mofado. Mesmo durante o dia, a casa era escura, com suas janelas pequenas, estranhamente localizadas, e tecidos pesados. Nessa noite, parecia tão sombria que me senti obrigado a piscar continuamente para limpar a visão.

— Seus sapatos, Aaron. Tire os sapatos — mandou Nandina, de volta. Ela trazia um pano de prato desbotado. Esperou enquanto tirava meus sapatos e também o suporte, e então me deu o pano de prato. Era um daqueles panos de prato com calendário, que nossa mãe pendurava acima da mesa da cozinha. "1975", dizia. Sequei o rosto e então o cabelo.

Nandina perguntou:

— Cadê sua bengala?

— Não sei.

— Você a deixou no carro?

— Talvez.

— Você trouxe alguma roupa?

— Não.

Ela se aproximou um pouco, apesar de saber que não adiantava oferecer o braço, e entramos na sala de estar. Ela tinha cheiro de xampu e estava usando um roupão quadriculado (minha irmã era uma das últimas mulheres dos Estados Unidos a colocar um roupão para ficar em casa, todos os dias, ao final do dia de trabalho). Ela esperou que eu me ajeitasse no sofá e então disse:

— Vou ver se você tem algum chinelo aqui.

Provavelmente eu tinha. E mais um monte de outras coisas. Minha mãe nunca havia esvaziado meu quarto depois que saí de casa.

Enquanto Nandina estava no andar de cima, afundei-me no sofá e olhei para o teto. Era realmente um teto muito sólido, o gesso cor de creme, de antigamente, que tinha um medalhão no centro, e nenhuma rachadura, nem mesmo fina como um fio de cabelo à vista.

Lembrei do carro de meu colega de quarto, na faculdade: um Chevrolet que mais parecia uma pilha de ferrugem, que vivia engasgando por motivo algum. Um dia, o carro finalmente morreu. Ele saiu do carro, desparafusou a placa e partiu andando com ela. Nunca olhou para trás. Queria poder fazer o mesmo com minha casa. Eu não sentiria falta de absolutamente nada. Deixe que desapareça da face da Terra. Não me importaria nem um pouco.

Nandina voltou com um par de mocassins de veludo cotelê, dos quais eu tinha me esquecido completamente. E me trouxe o suporte, que coloquei antes de experimentar os mocassins.

— Então — Nandina disse —, você já jantou?

— Hum, já.

— *Aaron* — ela protestou.

— O quê?

— Diga a verdade.

— Comi meia dúzia de ostras cruas, um bolinho de caranguejo, purê de batata com alho, uma salada "deusa verde", torta de maçã com chantili e duas taças de vinho.

— Nossa! — Nandina exclamou.

Tentei não parecer convencido.

— E qual é, exatamente — ela perguntou —, o estado atual da sua casa?

— Ah... — fiquei pensando. — Bem, no momento, o teto do meu hall está meio cheio de água.

— Entendo.

— Poderia acontecer com qualquer pessoa — expliquei. — Ontem choveu a noite toda, lembra? E hoje, o dia todo também.

Nandina disse:

— Mas me parece que...

— Mas podemos f-f-f-falar sobre isso ama-ma-manhã? — perguntei. — É que agora estou *exausto*. Tem lençol na minha cama?

— É claro.

Sim, é claro, por que é que fui perguntar? Eu me levantei, bocejei e me espreguicei com afinco.

— Acho que já vou, então — eu disse. — Obrigado por me acolher assim, sem avisar. Prometo que não vou incomodar você por mais de uma noite ou duas.

— Aaron, você pode ficar aqui para sempre. Não precisa me avisar.

Eu me sentia tão derrotado que a ideia de ficar ali para sempre quase me pareceu tentadora.

Meu quarto ficava no andar de cima, na parte de trás da casa, perto do quarto de Nandina (que tinha sido dela desde a infância, embora tivesse feito mais sentido se ela tivesse se mudado para o quarto de nossos pais, que é maior e mais iluminado, depois que eles morreram). Estava exatamente como o deixei quando fui para a faculdade: os modelos de aviõezinhos enfileirados nas prateleiras; os discos de vinil do U2 e do Tom Petty ainda empilhados abaixo do som. Achei uma calça de pijama velha na cômoda, troquei de roupa e chequei a estante de livros em busca de algo para me ajudar a dormir. Mas lá tive menos sorte. Só consegui ver edições maltrapilhas de jogos matemáticos e quebra-cabeças lógicos. Quando criança, eu era bom neles, apesar de, às vezes, quando chegava a um problema sem solução, uma parede intransponível (quase como eu me sentia realmente, com vontade de bater a cabeça na parede), ficar bem violento, jogando e quebrando coisas. Quando levo minha mente de volta àquelas cenas, me vejo do lado de fora: intransigente e desesperado, o cabelo espetado, enquanto minha mãe ficava a um braço de distância tentando me acalmar, tentando me segurar, murmurando frases racionais:

— Aaron, por favor! É apenas um passatempo. Descanse um pouco e depois volte para eles, que tal?

Para onde aquela paixão toda tinha ido? Eu não era mais assim, ainda bem.

Era obcecado por truques de mágica. Eu os praticava por dias a fio e, então, começava a atormentar os adultos.

— Escolha uma carta. Qualquer carta. Não me mostre. Espere aí! Você me mostrou a carta!

E queria fazer carreira como comediante de *stand-up*. Eu decorava piadas de revistas e as testava com os parentes.

— Então, esse cara estava andando pela rua até o relojoeiro, todo corcunda, com um relógio carrilhão nas costas. Ele estava levando o carrilhão para o conserto, sabe. Daí, encontrou um amigo na rua, e o amigo disse... o amigo disse...

Mas nunca conseguia passar daquela parte sem cair na risada. Juro, eu achava que era a piada mais sensacional que já tinha ouvido na vida.

— O amigo diz: "Você já... você já..."

Eu ficava sem ar de tanto rir, chorava de rir. Minhas bochechas ficavam cobertas de lágrimas e meu estômago doía, e os tios ou tias que estavam me escutando simplesmente sorriam para mim com cara de dúvida.

— "Você já pensou em comprar um *relógio de pulso*?"

— O quê? — eles perguntavam, porque àquela altura eu já estava ininteligível. Mas até repetir a piada era um grande esforço, porque eu rolava no chão de tanto rir.

Enxerguei isso do lado de fora, também: meu "eu" alegre, atabalhoado, com os braços ao redor de minhas costelas e meu corpo inteiro enroscado nessa agonia de pura alegria.

Não é à toa que nunca tive filhos. Eles teriam me deixado triste demais.

Quando Dorothy e eu estávamos namorando, mal falávamos sobre filhos. Acho que Dorothy mencionou uma vez ou duas que não estava interessada, mas você não poderia chamar aquilo de uma conversa séria. Então, agora, não haveria uma próxima geração, porque não podia ver Nandina arrumando um par tão tarde assim. A linhagem terminaria com nós dois.

E não havia nada de mal nisso, pensei.

— Você não tinha percebido nenhuma mudança — minha mãe me contou. — Você voltou de carro do hospital todo feliz, saltitante e contente de estar indo para casa, e se esborrachou do banco de trás antes que qualquer um de nós pudesse te alcançar...

— Não quero ouvir — eu disse.

— ... e sua perna falhou e se dobrou, então você se sentou, com força, na calçada, mas não chorou. Estava tentando sorrir, mas apenas um lado de seus lábios se virava para cima, então você olhou para nós dois com essa expressão confusa no rosto, mas ainda estava tentando...

Eu pedi:

— Mãe, pare! Eu não quero ouvir, já falei!

Ela podia ser meio devagar, nossa mãe. Eu sabia que ela só queria o melhor para mim, mas, mesmo assim, parecia que tinha passado minha infância tentando afastá-la de mim. Era só: "Não!", "Sai daqui!" e "Eu consigo fazer sozinho!". Nunca passei pela porta sem que ela gritasse atrás de mim:

— Não esqueça sua bengala!

— Não preciso de minha bengala!

— Precisa da bengala, sim. Lembra o que aconteceu no mês passado no Estádio Memorial?

Eu rangia os dentes e parava no meio do caminho, olhando para a rua, até ela se aproximar trazendo a bengala.

Ela morreu em 1998, apenas seis meses depois de nosso pai. Ataques cardíacos, os dois. Agora, quando me lembro de como ela ficava me cercando, até que não era tão ruim assim. Parecia comovente. Mas eu sabia que, se ela aparecesse aqui nesse momento e me perguntasse o que é que eu estava pensando, indo dormir usando a camisa que tinha usado o dia inteiro, eu responderia, mal-educado, mais uma vez:

— Me deixe em paz! Não tem problema!

Caí no sono quase instantaneamente, pela primeira vez desde a morte de Dorothy. Sonhei que Jimmy Vantage ainda morava na casa ao lado, apesar de, na verdade, ter se mudado no final do sétimo ano. A gente foi até Stony Run procurar tartarugas. Mas Jimmy andava rápido demais para mim e eu não conseguia acompanhá-lo. Em certo ponto, eu estava engatinhando na calçada, gritando e pedindo que ele diminuísse o ritmo. O que era estranho, porque, geralmente, em meus sonhos, eu tendo a ter um corpo mais que totalmente capaz. Praticamente tenho asas. Mas, nesse sonho em especial, é como se eu estivesse cheio de nós, enrolado e arquejando em busca de ar. Então, acordei e, por um momento, pensei que ainda podia sentir o cimento áspero da calçada nas palmas das mãos.

* * *

Nandina disse que sabia exatamente para quem ligaria: Cartola Reparo de Telhados. Eles vinham substituindo as telhas da casa de nossos pais há muitos anos, ela disse, e tinha certeza de que entenderiam que meu telhado teria de ser prioridade.

— Vou ligar para eles hoje — ela disse. — E você, enquanto isso, deveria ligar para seu agente de seguros. Ou já fez isso?

— Hum...

Ela me deu um olhar ultrapaciente e, depois, um de "eu te conheço, *malandro*". Eu não era fã daquele olhar. Estávamos sentados à mesa da cozinha, com chá e cereal de milho — o café da manhã tradicional de nossa família, que eu tinha trocado anos atrás por café e torrada —, e ela tinha um bloco de anotações à frente, onde estava tomando notas. Eu também não era fã dos blocos de anotações dela. Eu disse:

— Não se preocupe. Tenho tudo sob controle.

— O que você quer dizer por "tudo"?

— O agente de seguros, o telhado... e vai ser muito mais que só o telhado. Isso mostra o quanto você sabe sobre isso. Eu preciso de um empreiteiro.

— E você conhece algum? — ela quis saber.

— É claro.

Não parecia muito convencida.

Eu disse:

— O nome dele é... — E então comecei a dizer de novo, como alguém que lembra os passos que percorreu para dar um grande salto. — O nome dele é... Gil Bryan.

Foi a imagem da pele brilhante sob os olhos dele que trouxe o nome à tona, finalmente. Eu disse:

— Vou ligar para ele hoje, para falar também do que aconteceu com o teto.

— Bom — disse Nandina. — Então, tudo bem, acho.

Ela parecia quase desapontada.

Fomos para o centro da cidade em carros separados, por insistência minha. Eu disse:

— Quem sabe? A gente pode querer ir embora em horários diferentes.

— Não me importo em mudar meus horários.

— Mas, além disso — insisti —, posso ter de passar em casa depois do trabalho para pegar umas coisas.

— Quer que eu vá com você?

— Não.

Na verdade, não tinha intenção nenhuma de ir até em casa. Eu tinha revirado a cômoda e o guarda-roupa em meu antigo quarto e encontrado mais roupas que o necessário para aquilo de que precisava, contanto que não fosse exigente demais: cuecas frouxas e meio infantis, calças jeans que me serviam bem, apesar de terem a cintura um pouco alta, e uma camisa azul de botões do oitavo ano. Você pode achar que camisas de botões são eternas, mas o colarinho dessa estava um pouco espigado. Bem, deixa para lá! Para fazer a barba, dei um jeito com o barbeador descartável de plástico que tinha encontrado entre os suprimentos de reserva de Nandina no banheiro. Geralmente, uso um barbeador elétrico. Fiz uma anotação mental de comprar um novo em meu horário de almoço.

Foi a primeira vez que admiti que não conseguiria encarar a visão de minha casa: quando percebi que preferiria comprar um barbeador elétrico novo a buscar o meu antigo no armarinho do banheiro.

Então, assim que cheguei ao trabalho, tranquei-me em minha sala e comecei a fazer ligações. Primeiro, deixei uma mensagem na secretária eletrônica de minha agência de seguro — para a empresa em geral, pois nem me lembrava de quem seria meu agente, já que nunca tive que acionar o seguro antes. Depois, fiz uma busca na Internet por "gil bryan empreiteiro baltimore". Nenhum Gil à vista, mas havia uma "Irmãos Bryan Empreiteiros Ltda.". Liguei para o número e, dessa vez, a ligação chegou a um ser humano de verdade.

— Alôôô — disse um homem, alto demais.

— Irmãos Bryan?

— É.

— Gil Bryan?

— Não.

— Mas vocês *têm* um Gil Bryan?

— É.

— Eu poderia falar com ele, por favor?

— Ele saiu.

— Posso deixar um recado para ele?

— Anote aí o número do celular dele.

Anotei o número, mas não tentei ligar logo. A conversa com o primeiro cara já tinha me cansado.

E se eu simplesmente vendesse a casa? Colocá-la no mercado como "precisa de reformas" (eles não sabem o quanto!). E pagar uma pessoa para pegar minhas coisas, assim eu jamais teria de colocar os pés lá dentro de novo. Com certeza, haveria pessoas que a gente poderia pagar para fazer isso. Eu alugaria um pequeno apartamento, já mobiliado. Se alguma coisa acontecesse com ele, alugaria outro.

O livro sobre observação de pássaros já tinha ido para Irene e eu estava trabalhando em um dos títulos independentes: *Minha Guerra*, do sr. George S. Hogan. No escritório, nós chamávamos o livro de *Guerra Número Sessenta e Quatro*. Por que é que tantos homens viam seu tempo de serviço militar como o evento decisivo de suas vidas? Eles poderiam ter vivido 90 anos ou mais, ter se casado várias vezes e tido meia dúzia de filhos e carreiras impressionantemente bem-sucedidas; mesmo assim, se pudessem escolher uma experiência que os definia, seria o Vietnã, ou a Coreia, ou a invasão da Normandia. Isso era especialmente difícil de imaginar no caso do sr. Hogan, porque sua guerra particular soava totalmente tediosa: "Meu melhor amigo no quartel era Cy Helm. Ele era um rapaz muito bom. Não poderia ter pedido um amigo melhor que o velho Helm, é o que sempre digo".

Além de colocar uma vírgula depois de "velho Helm", não mexi mais no texto. Era nossa política com os originais para publicação independente (algumas pessoas não queriam nem as vírgulas a mais). Dei uma olhada em mais três páginas e, então, esfreguei os olhos, espreguicei-me e me levantei para pegar um café.

Charles estava jogando paciência no computador. Ele era um homem baixinho e atarracado, com o rosto eternamente vermelho, um pouco mais velho que o restante do pessoal do escritório, e tinha seus próprios horários misteriosos com os quais ninguém interferia. Pelo jeito, Irene havia saído e Peggy estava enchendo a leiteira de creme.

— Ah, pobre Aaron! — ela disse, ao me ver. — Fiquei sabendo sobre seu teto.

Mandei um olhar malevolente, de relance, para a porta da sala de Nandina.

— Quem você vai contratar para fazer o conserto? — ela perguntou.

— Um cara.

— Porque eu conheço um bom...

— Não se preocupe. Já resolvi — respondi.

E completei:

— Obrigado mesmo assim! — porque eu poderia ter soado um pouco abrupto.

Peggy não pareceu ter se ofendido. Ela me passou a leiteira de creme, com a alça virada para mim, e perguntou:

— Como vai o livro do sr. Hogan?

— Ah, ele tinha esse amigo muito bom, sobre o qual estava lendo agora mesmo — contei a ela. — Muito bom *mesmo*. Sabe: um amigo muito, muito bom.

Peggy sorriu para mim. Ela era uma daquelas pessoas sem noção de ironia (bem, a não ser que você considerasse seu estilo de se vestir: como uma menininha camponesa; às vezes, acho que isso *poderia* ser levado em consideração). Mesmo assim, senti como se tivesse que continuar, agora que estava afiado.

— Acho que poderia ser pior — eu disse. — Poderia ser *Meus Anos com a Câmara dos Vereadores*. Esse é meu sonho como editor.

Então, Charles entrou na conversa, de sua mesa do outro lado da sala:

— Eu votaria em *A Vida de um Advogado de Imóveis* — ele disse, sem tirar os olhos da tela do computador.

— Ah, com certeza! Como eu poderia ter me esquecido *desse*?

— Você se lembra do *Reforma de Cozinhas para Iniciantes*? — Peggy me perguntou.

— Sii-i-im — respondi. Mas minha mente não tinha registrado aquele, por alguma razão.

— Eu estava pensando: o livro poderia ser útil agora que você está reformando a casa.

— Uau! — falei. — Eu poderia mesmo *consultar* um de nossos livros?

Ela fez que sim com a cabeça, solenemente.

— Meu Deus — eu disse —, aqueles livros não foram feitos para serem usados!

— Não?

— Bem, não de maneira séria. Eles são mais como... um gesto, um presente. Coisas que você dá para outras pessoas.

— Mas, em *Reforma de Cozinhas*, eles dizem que você deve resolver tudo com o empreiteiro primeiro, antes que ele comece o trabalho. Achei que fosse importante saber isso.

O "eles" a que ela se referia era eu mesmo, claro — eu e um projetista de cozinhas aposentado do Condado Anne Arundel. Então, só respondi:

— Ah, verdade. — E levei o café de volta para minha sala, sem a menor intenção de seguir a sugestão dela.

— Diga a ele que é o comprador que dá as cartas nesse mercado, antes de decidir sobre o preço — Charles gritou para mim. — Comprador? Vendedor? Alguma coisa assim.

— Está bem.

O sr. Hogan estava descrevendo manobras de campo: "Smith e Donaldson estavam posicionados à minha esquerda, a uns 45 metros, e Merritt e Helm estavam escondidos no matagal à minha direita, mas eu não podia vê-los porque havia uma inclinação considerável no terreno, que se estendia por uns 180 metros a norte-nordeste ao longo do...".

Meus olhos vaguearam em direção à estante de livros. A série *Para Iniciantes* ocupava várias prateleiras — um arco-íris de lombadas finas e brilhantes de tamanho idêntico. Eu me levantei e fui examiná-los mais de perto. Os livros estavam expostos de acordo com a data de publicação, do mais antigo para o mais recente. *Reforma de Cozinhas* havia sido lançado muitos anos atrás e estava na prateleira mais alta. Eu o tirei de lá.

"Saber o que você quer" era o primeiro capítulo ("Em sua cozinha atual, onde você corta e pica os alimentos? Se é que VOCÊ corta e pica os alimentos"). "Conversando com o empreiteiro" era o segundo. Quase todo o restante do livro consistia de o que, agora, parece-me um plano detalhado e desorganizado para construir uma cozinha interina no banheiro sobressalente.

Levei o livro para minha mesa e me sentei para ler o capítulo sobre o empreiteiro. Aparentemente, o elemento essencial era controle. "Não pense que, depois de informar suas diretivas, você pode simplesmente relaxar e deixar seu empreiteiro fazer o que quiser. Insista que ele ou ela envie um prazo detalhado, por escrito, estabelecendo os passos a serem completados nas datas definidas. Semanalmente, marque reuniões para falar dos prazos e peça que ele ou ela apresente um comprovante das despesas daquela semana."

Esta coisa do "ele-ela" era culpa de Nandina, apesar de ela sempre passar longe da edição dos textos (para começar, não sabia nem soletrar. Era uma das mulheres mais inteligentes que eu conhecia, mas não conseguiria soletrar o bastante para salvar a própria vida).

Fechei o livro, ainda marcando a página com o dedo indicador, e estendi o braço para pegar o telefone. Pressionei os números do telefone de Gil Bryan que tinha anotado.

— Alô? — ele disse.

Pelo menos, não era rude como o outro homem. Ele falava em um nível normal, sobre o barulho de alguma ferramenta elétrica ao fundo. Perguntei:

— Gil Bryan?

— Sim.

— Aqui é Aaron Woolcott. Sou o dono daquela casa na Rua Rumor onde a... onde a...

Por algum motivo idiota, não conseguia fazer as palavras saírem.

— Onde a árvore caiu — Gil Bryan completou. — Certo.

Mas, mesmo com a ajuda dele, não consegui continuar. Não posso explicar o que aconteceu. Meus olhos se encheram de lágrimas e não podia contar com minha voz.

— Você está pensando em consertar o telhado? — ele perguntou, um momento depois.

Engoli em seco e respondi:

— Sim.

— Posso ir aí e dar uma olhada, se você quiser.

— Não estou lá — respondi. Limpei a garganta.

— Então, talvez quando você for para casa, depois do trabalho?

— Quer dizer, nunca estou lá. Estou morando com minha irmã. Aquela chuva de ontem se infiltrou pela lona, e o teto do hall de entrada caiu.

Gil Bryan assobiou por entre os dentes.

— Eu estava pensando... — continuei. — Você poderia passar na casa de minha irmã lá pelas 5h30, pegar a chave e dar uma olhada?

— Ir lá sozinho. É isso?

— Sim.

Houve uma pausa. Então, ele disse:

— Bom, acho que posso fazer isso. Mas preferiria que você viesse junto.

Eu não disse nada.

— Então, tudo bem — falou. — Vou sozinho.

— Obrigado!

— E você quer que eu veja só o telhado? Ou a parte de dentro também?

— Tudo. Eu não sei. Dê um jeito. Você decide.

— Tudo? Qual é o prazo que você tem em mente?

— Não tenho a menor ideia — respondi. — O tempo que for necessário, acho.

Então, passei para ele o endereço de Nandina e desliguei. Coloquei o *Reforma de Cozinhas para Iniciantes* de volta a seu lugar na prateleira.

Eu tinha marcado para as 5h30 da tarde por uma razão: Nandina ainda estaria no trabalho. Para ela, era uma questão de honra ficar até mais tarde que todo mundo, todos os dias. Então, não estaria lá para se intrometer em minha primeira conversa com Gil Bryan. Ela nem descobriria que era a primeira reunião.

Mas minha irmã tem um sexto sentido extraordinário! Não consigo pensar em outra explicação para isso. Ela bateu à porta às 3h45, enfiou a cabeça em minha sala e disse:

— Estou saindo. Vejo você lá em casa.

— Você está indo *agora*?

— O que mais posso fazer? Parei em um estágio bom do trabalho — ela respondeu. Ela já estava com a bolsa pendurada no ombro.

Então, quando cheguei à casa dela, Nandina já estava na cozinha começando a preparar o jantar. E, quando a campainha tocou, ela chegou ao hall de entrada logo atrás de mim, enxugando as mãos na barra do avental que cobria seu roupão de ficar em casa.

Gil Bryan tinha aquela aparência meio suja e poeirenta de um homem que trabalhou duro o dia inteiro, mas a pele sob os olhos dele ainda estava brilhando e senti a mesma confiança que havia sentido antes. Eu disse:

— Entre, sr. Bryan.

E ele disse:

— Gil.

— Aaron — eu lhe disse e apertei sua mão (a mão dele parecia uma luva de beisebol). Então, tive que completar: — Esta é minha irmã, Nandina — porque ela ainda estava lá.

— O empreiteiro — eu disse a ela secamente, e ela respondeu:

— Ah! — E se afastou e voltou para a cozinha.

— Entre e sente-se — eu disse a Gil.

— Ah, estou todo sujo. Só vou pegar a chave e ir para lá.

Pesquei meu chaveiro de dentro do bolso. Enquanto tirava a chave de casa de lá, perguntei:

— Você está planejando ir lá hoje à noite?

— Achei que fosse melhor.

— Porque não sei se a eletricidade está ligada.

— Ahn... — ele disse. — Tudo bem, então vou pela manhã, dar uma olhada à luz do sol. E se eu vier aqui amanhã, no mesmo horário, quando souber o que está acontecendo por lá?

— Tudo bem — respondi. Dei a chave para ele.

— E você quer que eu dê uma olhada em tudo.

— Tudo — confirmei. — Faça uma lista.

— Beleza, então — ele respondeu. Mas pude ver que estava perplexo com minha atitude.

Apertei a mão dele de novo e ele foi embora. Nem dois segundos depois, Nandina veio da cozinha.

— Foi *bem* rápido — ela comentou.

— Ele precisava de uma chave, só isso.

Ela fez que sim com a cabeça, aparentemente satisfeita, e voltou para a cozinha.

Mas, durante o jantar, perguntou:

— Como exatamente você conseguiu o nome desse empreiteiro?

— Pelo Jim Rust — respondi.

Ela inclinou a cabeça, como alguém que ouve uma nota desafinada em uma música. Então, quis saber:

— Mas Jim Rust já usou os serviços dele pessoalmente?

— Sim, é claro — respondi, apesar de não saber ao certo. Então eu disse: — Já está tudo resolvido, Nandina. Deixe para lá.

— Bem, *desculpe*! — ela disse.

Comemos o restante do jantar sem falar nada.

* * *

Na noite seguinte, pude falar a sós com Gil. Eu estava em casa esperando por ele quando a campainha tocou.

— Olá — ele cumprimentou.

Respondi:

— Entre.

Dessa vez, ele vestia roupas limpas — uma camisa de *chambray* e calças cáqui — e aceitou se sentar quando apontei o sofá. Eu me sentei na outra ponta. Fiquei feliz ao ver que ele estava segurando uma pasta branca, nova em folha. Implicava certo grau de profissionalismo. Ele abriu a pasta sobre a mesinha de centro e espalhou uma série de papéis cobertos por uma letra cursiva pequena, organizada e em caixa alta.

— Então, Aaron, aqui está o que vamos fazer — ele disse.

Fiquei feliz também quando ele usou meu primeiro nome. Funcionários que insistem em dizer "senhor", mesmo depois que você diz que não precisa, sempre me parecem deliberadamente irritantes.

— Você tinha razão sobre a eletricidade — ele contou. — Houve um curto-circuito nos fios, por causa da água que escorreu através das paredes e para o porão. Para isso, vou entrar em contato com a Potência Watkins, mas eles não podem ir olhar a casa até...

Ouvi a porta se abrindo. Nandina chamou:

— Aaron?

Inferno. Ela apareceu na entrada da sala de estar.

— Ah! — ela disse.

Gil se levantou.

— Boa noite! — ele cumprimentou.

— Boa noite!

— Estamos ocupados com uns números aqui — falei para ela.

Meu olhar não podia deixar qualquer dúvida, e ela respondeu:

— Ah, claro! Não me deixem interromper — e saiu rapidamente da sala.

— Onde foi que paramos? — perguntei a Gil.

Ele se sentou novamente e folheou os papéis.

— Houve dano estrutural no sótão — ele explicou. — Essa é a pior parte. Vamos precisar substituir algumas vigas, o telhado, é claro, e a fibra para isolamento térmico, além do teto do corredor e da cozinha e os armários na parede oeste. A chaminé precisará ser reconstruída também. Chaminés são um negócio sério, infelizmente. Bem, e depois há o solário...

— A gente não pode simplesmente acabar com o solário?

— O quê?

— Tirar o solário, demoli-lo. É uma causa perdida, de qualquer maneira, e foi construído depois. Não faz parte da casa princi...

— Vocês querem beber alguma coisa? — Nandina perguntou. Ela tinha aparecido de novo, mas, dessa vez, da sala de jantar.

— Não — respondi.

— Sr. Byan?

— Gil — ele respondeu. Ele tinha se levantado de novo. — Não, obrigado!

— Talvez uma cerveja gelada?

— Não, obrigado!

— Ou uma taça de vinho.

— Não, mas agradeço.

— Nós não temos nada mais forte — Nandina disse. Ela tinha se aventurado alguns passos a mais para dentro da sala; a qualquer minuto agora, ela se instalaria na poltrona, como se o assunto devesse ser discutido a fundo. — Sei que ainda está fazendo um tempo próprio para gin e tônica, mas...

Eu disse:

— *Nandina*...

— O quê?

— Tudo bem — Gil respondeu a ela. — Eu não bebo.

— Ah.

— AA — ele disse. E endireitou a postura enquanto falava, quase desafiadoramente, mas então levou a mão à barba de uma maneira meio insegura.

Nandina disse:

— Ah, eu sinto muito!

— Tudo bem.

Eu já estava esperando que Nandina partisse para a seção não alcoólica do menu, mas, antes que pudesse, Gil disse a ela:

— A gente estava falando sobre o solário. Aaron está dizendo que gostaria de tirá-lo de lá.

— Tirar o solário? Tirá-lo da casa?

— Foi isso que ele disse.

— Bem, isso não faz sentido nenhum — Nandina disse para mim. — Você vai perder dinheiro na venda.

Perguntei:

— E o que me importa o valor da venda?

— Já é uma casa minúscula. Você precisa daquela sala.

— Nandina, você se importa? Estamos tentando ter uma conversa em particular.

— Você só está *bravo* com o solário. É isso.

— Bravo!

— Você está sendo... emocional, por causa do que aconteceu ali.

— Pelo amor de Deus, Nandina, o que você tem a ver com isso?

— Tenho uma ideia — Gil entrou na conversa. Ele falou em uma voz extremamente baixa e com um ar de quem está sendo razoável, como se estivesse negociando um tratado. — E se mantivéssemos o solário, mas mudássemos sua direção?

Perguntei:

— Direção?

— Por exemplo, no momento parece que você tem uma escrivaninha saindo daquela parede cheia de prateleiras que junta o solário à casa, certo?

A parede onde a TV estava pendurada, aquela que a matou. Fiz que sim com a cabeça.

Ele continuou:

— E se, agora, fizéssemos um plano para que a escrivaninha ficasse de frente, virada para o centro da sala? Melhor assim, certo? Você teria a vista do jardim da frente. Então, podemos colocar prateleiras ao longo de toda a circunferência, sob as janelas. Prateleiras embutidas e baixas. Seria uma disposição totalmente diferente.

Respondi:

— Bem, não sei.

Apesar de ter percebido que ele tinha razão.

Nandina deve ter adivinhado o que notei, porque disse:

— Obrigada, sr. Bryan!

Então, se virou e finalmente nos deixou em paz. Gil se sentou novamente no sofá e continuou falando com seus papéis.

* * *

O sr. Hogan disse que havia tido uma inspiração para seu livro. Ele achava que deveria incluir as cartas que mandara para sua mãe. Por mim, tudo bem. Na verdade, só imprimiríamos o livro para ele. Mas eu não havia me dado conta de que ele queria dizer adicionar as cartas originais, escritas à mão. Ele as deixou sobre minha mesa no começo de outubro: uma pilha de 8 centímetros de envelopes, amarrados com uma fita de cetim que algum dia já tinha sido azul.

— Aqui está um exemplo — disse, pegando uns dos envelopes. Ele era um homem baixinho, corcunda, de cabelos brancos, com manchas cor-de-rosa meio quadradas no rosto que o faziam parecer animado. Ele tirou a carta do envelope com seus dedos tortos. Mesmo de onde eu estava, podia ver que era quase ilegível: um rabisco de caneta desbotado e acinzentado sobre um papel irregular que mais parecia casca de cebola.

Eu disse:

— O senhor teria que pedir para alguém digitar tudo isso, é claro.

— Aqui estou contando para ela o que eles nos davam para comer. Estou dizendo como sinto falta do peixe frito e das ovas de peixe que ela fazia.

— Sr. Hogan, o senhor está pensando em mandar alguém digitar essas cartas?

— Aqui estou dizendo que não tinha comido biscoitos de verdade desde que saíra de casa.

— Quem digitou o manuscrito original? — perguntei a ele. O original tinha chegado bem apresentado, o que nem sempre podemos esperar em nosso negócio (e nem tínhamos esperança de receber um original por e-mail).

— Foi minha nora — ele respondeu.

— Sua nora poderia digitar essas cartas também?

— Não quero pedir para ela.

Achei que não fazia sentido perguntar o porquê. A boa vontade das pessoas um dia acaba. Acontece. Fui abrir a porta de minha sala.

— Peggy! — chamei. — Você pode trazer aquela lista de digitadores profissionais?

— Claro.

— Eu vou ter que pagar por isso? — o sr. Hogan perguntou para mim.

— Bem, sim.

— Porque meu dinheiro não cresce em árvore, sabe.

— Não acho que sairia caro.

— Já gastei minhas economias de uma vida inteira nisso.

Peggy entrou na sala, trazendo uma folha de papel. Ela parecia estar usando uma anágua de arame por baixo da saia. Eu nem sabia que ainda existiam essas armações. Ela perguntou:

— Como está a artrite hoje, sr. Hogan?

— Ele disse que vou precisar mandar digitar essas cartas — o sr. Hogan contou a ela.

— Ah, tudo bem! — Peggy respondeu. — Tenho uma lista enorme aqui de pessoas que podem ajudar o senhor.

— Acho que não tenho dinheiro para isso.

Peggy olhou para sua lista, como se pudesse encontrar alguma solução ali.

— Estas são as cartas que escrevi para minha mãe — disse o sr. Hogan, oferecendo as cartas com as duas mãos. — Achei que elas pudessem dar um sabor a mais para minha história.

— Ah, cartas do *front* de batalha são sempre boas! — Peggy respondeu.

— Bem, as minhas são da Flórida.

— Mesmo assim — ela disse.

— Escrevi sobre como tinha saudade da comida dela: o peixe frito e as ovas de peixe.

— Adoro ovas de peixe — Peggy comentou.

Eu disse:

— Bom, em caso de...

— Estou vivendo de minha aposentadoria — o sr. Hogan contou. Ele estava olhando fixamente nos olhos de Peggy, e a carta que ele segurava tremia.

Peggy propôs:

— Quer saber, sr. Hogan, pode deixar que *eu* digito as cartas para o senhor.

Como se eu não soubesse que isso aconteceria!

— Mas você vai me cobrar? — o sr. Hogan perguntou.

— Ah, não! — ela respondeu. — Imagine...

— Bom, obrigado! — agradeceu. Sem muito sentimento, se você quer saber.

Eu disse:

— É muita gentileza sua, Peggy — mas em tom severo, como se estivesse reprovando sua atitude.

Porém, isso não valeu de nada. Peggy só deu um sorrisinho para mim, e o sr. Hogan estava ocupado colocando a carta de volta no envelope.

Sempre me preocupei com a possibilidade de nossos clientes mais velhos se sentirem insultados por Peggy. Sua voz melada e seus modos exageradamente respeitosos poderiam ser vistos como piedade. Condescendência. *Eu* a teria achado condescendente. Mas ninguém mais parecia ter a mesma opinião. O sr. Hogan colocou a pilha de cartas nas mãos dela com toda a felicidade do mundo e então me disse, empinando o queixo de maneira combativa:

— Eu tinha certeza de que tudo se resolveria!

De alguma forma, eu tinha sido voto vencido. Não era a primeira vez.

Depois que o sr. Hogan foi embora, eu disse para Peggy:

— Espero mesmo que você saiba no que está se metendo.

— Ah, sim — ela respondeu com suavidade.

Então, se ofereceu para buscar um café para mim, apesar de já estarmos no meio da tarde. Eu nunca tomava café à tarde, o que ela sabia muito bem. Só estava mudando de assunto.

Se não fosse por Peggy, Dorothy teria encontrado seus Triscuits exatamente onde os tinha deixado. Às vezes, eu pensava nisso. Ficava remoendo estes pensamentos: será que eu poderia dizer que, se não fosse por Peggy, Dorothy ainda estaria viva? Mas, na verdade, poderia não ter feito diferença. Muitas vezes Dorothy levava seus Triscuits para o solário. Provavelmente, nada diferente teria acontecido se ela os tivesse encontrado.

Então, eu não podia mesmo culpar Peggy. Apesar de parecer que havia motivo para ficar irritado com ela esses dias. Ela era tão, mas tão docc, que me enjoava. Irene fazia o melhor que podia para me evitar, como se a tristeza fosse contagiosa, e Charles nem ao menos me olhava nos olhos. Ah, eu estava por aqui com meus colegas de trabalho!

Talvez devesse tirar umas férias, mas como preencheria meu tempo, então? Eu nem tinha um passatempo.

— Eu deveria começar a trabalhar como voluntário, sei lá — disse para Peggy. — Procurar alguma instituição de caridade. O problema é que não consigo pensar em nada específico que poderia fazer.

Peggy parecia prestes a dizer alguma coisa, mas então deve ter mudado de ideia.

* * *

E o nome de minha agente de seguros era... Concepción. Como eu poderia ter me esquecido *disso*? Mas ela teria mais a tratar com Gil do que comigo. Então, passei para ela o celular de Gil e os dois ficaram tão próximos como comparsas, conversando por e-mail, pessoalmente e mandando documentos por fax. A pasta de Gil havia se metamorfoseado em um caderno de três dedos de espessura, cheio de divisórias coloridas, repleto de estimativas, recibos, diagramas e listas. Ele trazia o caderno quase toda noite, depois do jantar, e se sentava no sofá para espalhar os papéis sobre a mesinha de centro, explicando o progresso do trabalho em um nível de detalhe que deixaria o *Reforma de Cozinhas para Iniciantes* mais que satisfeito. As vigas danificadas já tinham sido substituídas e o telhado estava quase pronto. Seu objetivo era terminar tudo antes de o tempo piorar, ele disse. Ele se preocuparia com o interior da casa mais tarde, depois que ficasse frio demais para trabalhar no lado de fora. Havia contratado dois carpinteiros extras e, até então, tudo estava dentro do prazo, como eu poderia checar se fosse lá dar uma olhada. Eu disse:

— Talvez um dia desses.

Ele olhou para mim por um momento. Pensei que fosse começar a me pressionar como as outras pessoas faziam (minha irmã, para ser mais exato), mas tudo que ele disse, finalmente, foi:

— Tudo bem.

— Quero dizer, é claro que vou ter de ver tudo uma hora dessas.

— Claro! — ele respondeu. — Enquanto isso, posso continuar vindo aqui. Não tem problema nenhum.

De quem ele me lembrou naquele momento? Ah, é claro: Peggy. Peggy com o sr. Hogan, tão solícita e cheia de tato. Ele e Peggy formariam um belo casal, na verdade. Tive que sorrir ao imaginar a cena: Peggy com sua armação de arame de pastorinha, de mãos dadas com Gil, que mais parecia um urso cinzento.

— Ei — eu disse —, Gil, você é casado?

Ele respondeu:

— Ahn, não — com vergonha e baixando a cabeça, como se faz ao se esquivar de um cumprimento.

— Você nunca foi casado?

— Não. — Ele esfregou a barba. — Eu meio que joguei minha juventude no lixo — ele se permitiu dizer um momento depois. — Larguei a faculdade, me envolvi com a turma errada... Acho que perdi a oportunidade de me casar.

— Bom, com certeza, você se recuperou bem.

— Pode acreditar — ele disse —, se não fosse pelo meu primo, ainda estaria caindo de algum banco de bar. Meu primo Abner. Ele me deu este emprego e salvou minha vida, para falar a verdade.

— E seu irmão? — perguntei.

— Que irmão?

— Mas não é Irmãos Bryan Empreiteiros Ltda.?

— Ah, sim. Mas só porque "Primos Bryan" não ia funcionar.

— Não?

— Veja bem, todo mundo diria ao telefone: "Posso falar com o sr. Primo, por favor?".

Dei risada.

— Não, não tenho irmãos — ele contou. — Só um monte de irmãs, sempre no meu pé.

— Ah, e *eu* não sei? — respondi. — Irmãs...

— Bem — ele disse, como se estivesse aproveitando a oportunidade —, desculpe-me mencionar isso, mas estava pensando se você vai querer fazer algo sobre suas coisas.

— Minhas coisas — repeti.

— Os papéis e objetos pessoais que deixou na casa. E sua correspondência. Toda vez que entro lá, tem cartas espalhadas por todo o chão do hall de entrada. Não que *eu* me incomode de trazer tudo para cá, mas você sabia que pode acessar o site dos Correios e pedir que eles comecem a entregar toda a correspondência aqui?

— Você tem razão — respondi. — Vou providenciar isso.

— E também tem suas coisas de cozinha. Os pratos nos armários. Quando começarmos a trabalhar lá dentro, seria melhor empacotar tudo e levar as caixas para o quarto ou outro lugar.

— Pode deixar — respondi.

— Sua irmã já levou o que tinha na geladeira, mas tem outras coisas, como caixas de cereal, latas, enfim.

— Minha irmã foi lá?

— Só para pegar as coisas da geladeira.

— Eu não sabia disso.

— Acho que ela não quis incomodá-lo.

Olhei para a folha que segurava, que mostrava os gastos da reforma. Eu disse:

— Sei que parece pouco razoável como estou relutante em voltar à casa. Mas é que acho que seria, não sei, demais para mim.

Ele disse:

— Bem, eu entendo.

— Para falar a verdade, não sei se quero voltar lá *algum dia*.

— Ah, mas espere até a gente consertar tudo — ele me disse. — Estava pensando em instalar as tábuas de madeira em um tom mais claro. Quer dizer, se você aprovar.

— Mesmo assim — respondi —, mesmo com as tábuas mais claras.

Ele esperou, pacientemente, com os olhos fixos nos meus.

— Ei! — tive uma ideia. — Você gostaria de comprar a casa? Comprar como, sei lá, investimento? Depois da reforma, você poderia ganhar um bom dinheiro vendendo a casa, aposto.

Então, meio que dei risada, no caso de ele próprio começar a rir também. Mas ele não riu. Ele respondeu:

— Não tenho dinheiro para isso.

— Ah.

— Olha — ele disse —, não se preocupe com suas coisas. Vou falar para os meninos empacotarem tudo, contanto que você não se importe com eles revirando suas coisas.

— Mas é claro que não! — respondi. — Provavelmente eu não sentiria falta de nada se eles levassem tudo para o lixão.

— Bem, isso eles não vão fazer. Então, se a gente encontrar algo de que você possa precisar aqui, trago tudo na caminhonete da próxima vez que vier.

— Bem, obrigado!

Limpei a garganta. Eu disse:

— Só mais uma coisa...

Ele esperou.

— Você acha que poderia me trazer umas roupas?

— Roupas.

— O que estiver no guarda-roupa e na cômoda, do outro lado da cama.

— Ahn... — ele disse.

Eu mostrei o que estava usando. Até então, vinha dando um jeito com as roupas que tinha encontrado em meu antigo quarto, mas não havia dúvida de que meu estilo estava um pouco jovem demais.

— Você pode jogar tudo na caçamba da caminhonete — acrescentei. — Não estou pedindo para empacotar nada.

— Bem — ele respondeu —, podemos dar um jeito nisso.

— Obrigado! — agradeci.

Sabia que deveria ficar agradecido por Nandina ter feito aquela excursão à geladeira (apesar de não ter a menor dúvida de que havia um elemento investigativo nessa história). Ah, sempre que parava para examinar a situação, podia ver que estava cercado por pessoas que estavam fazendo o melhor para cuidar de mim. E não era apenas Nandina. Charles trouxera fatias do bolo de banana da mulher dele, embrulhadas em papel-alumínio, pesadas como tijolos. Irene deixava folhetos em minha mesa sobre aventuras arriscadas, criadas para me fazer pensar em outra coisa — voos de asa delta, escalada de paredões de pedra e mergulhos em recifes de corais. Meus ex-vizinhos sempre me ligavam e me convidavam para jantar, e, quando eu dava alguma desculpa, diziam: "Tudo beeeeemmm...", com uma lerdeza relutante que significava que, dessa vez, eles me deixariam escapar, mas não para sempre. E Luke tinha transformado nosso jantar no restaurante em um evento quase semanal, enquanto Nate havia retomado nossos jogos de raquetebol na academia.

Mas eu não era nada bom em aceitar as coisas de mão beijada. Principalmente com Nandina. Com Nandina, estava sempre na defensiva, reclamando a cada intromissão e jogando longe seus mais bem-intencionados comentários. Não que ela não merecesse um pouco, também. As coisas que ela inventava! Uma vez, por exemplo, ela disse:

— Pelo menos você não vai ter de se acostumar com nada muito diferente na vida doméstica. É que a Dorothy nunca cozinhava para você, nem nada do gênero.

— Não — foi minha resposta—, nós tínhamos um casamento muito igualitário. Nós nos tratávamos como dois adultos competentes.

Em outra ocasião, quando me ofereci para lavar nossas roupas:

— É claro que Dorothy achava suficiente apenas separar as roupas brancas das coloridas — ela me disse em um tom de quem está se segurando —, mas, como regra, separamos as coloridas e, então, as mais claras das mais escuras.

Não contei que provavelmente Dorothy teria jogado todas as categorias em uma leva só na máquina e deixado por isso mesmo.

Cada vez mais eu conseguia ouvir os pensamentos de minha irmã: "Que pena que a esposa dele morreu, mas será que ela valia toda essa tristeza mesmo? Será que ele tem de continuar assim?".

— Você acha que as pessoas nem percebem quando deixa de se barbear por um dia ou usa as mesmas roupas a semana toda — ela comentou —, mas percebem, sim. Betsy Hardy me disse que trocou de calçada outro dia, ao vê-lo na rua, porque pensou que talvez você não quisesse que alguém o visse naquelas roupas. Eu disse: "Ah, é muita gentileza sua se preocupar com isso, Betsy, mas, honestamente, acho que ele não está nem ligando".

— Betsy Hardy? Eu não a vi.

— Ela viu você, é disso que estou falando — Nandina disse. — Eu achei que você estivesse planejando buscar algumas roupas melhorzinhas em sua casa.

— Ah, Gil vai trazer tudo para cá.

— O quê? Você quer dizer que deixou que ele mexesse em suas coisas?

— Bem, sim.

Ela estreitou os olhos.

— Quando Jim Rust recomendou Gil — ela perguntou —, ele deu alguma dica sobre o passado desse homem? Ele lhe contou a história dele? De onde ele é? Ele é de Baltimore?

— Não há *nada* de errado com ele, Nandina. Acredite em mim.

— Estava curiosa, só isso!

— Ele nunca deveria ter contado para você que estava no AA.

— Não tenho nada contra o AA.

— Se ele precisa, é melhor que esteja no AA, então — argumentei.

— Bem, é claro que sim. Você acha que perguntei sobre as referências dele por causa dessa coisa do AA? Tenho toda a compaixão por ele estar no AA. E não é? Toda vez que vem aqui, só ofereço suco ou limonada.

— Verdade — respondi.

Mas eu sabia que era porque ela o flagrara, uma vez, com uma lata de Coca-Cola. Nandina tinha um problema sério com refrigerantes. Não é que ela simplesmente não gostasse de refrigerantes: para ela, eles eram um ultraje moral. Se existisse um programa de 12 passos para um dependente de Coca-Cola, aposto que ela faria uma doação bem gorda para ele.

Bem, mas escute o que estou dizendo: eu não tinha motivos para reclamar dela. Ela me acolhera sem hesitar quando eu não tinha mais para onde ir e não demonstrava a menor irritação ao me ver atrapalhando sua rotina diária. Ela era meu parente vivo mais próximo. A gente tinha lembranças de infância que ninguém mais conhecia.

Muitas vezes, quando estávamos sozinhos, um de nós começava uma frase como nosso pai fazia: "Não é preciso dizer que..." — começávamos. Era a piadinha de sempre de meu pai, se é que se pode chamar isso de piada. E então o outro sorria.

Ou quando estávamos dando uma olhada na porcelana, depois que Gil trouxe tudo — a tigela do hall de entrada, com suas camadas de correspondência inútil e cardápios de restaurantes *delivery* e papéis aleatórios. Uma noite, espalhei tudo sobre a mesa da cozinha, enquanto Nandina estava fazendo o jantar, e ali estava o cartão de visita dos Irmãos Bryan. Eu disse:

— Gilead!

— O quê?

— É o nome do Gil: Gilead Bryan. Eu achava que era Gilbert.

Nandina parou de mexer a sopa e disse:

— Gilead, como na música?

— Como na música — respondi, e houve mais um momento "não é preciso dizer que...". Afinal, quantas pessoas poderiam se lembrar de *O Bálsamo de Gileade*? Era o hino religioso predileto de minha mãe, que ela cantava enquanto arrumava a cozinha, e eu sempre achei que fosse a "balsa" de Gileade. Quando um de meus primos debochou ao me ver cantando errado, Nandina arrebentou o tabuleiro do Banco Imobiliário na cabeça dele.

Morar nessa casa de novo não era tão ruim assim. Na verdade, era bem aconchegante.

* * *

Na época do Natal, sempre mandávamos fazer uma grande reimpressão de um de nossos títulos antigos, *O Livro dos Presentes para Iniciantes*. Colocávamos os livros em exposição, ao lado das caixas registradoras das lojas da cidade inteira, com uma fita vermelha de cetim amarrada ao redor de cada exemplar. Pessoalmente, achava a fita ilógica. Afinal, o livro era "sobre" presentes, e não um presente. Mas Irene adorava a fita e tinha sonhado com isso há alguns anos, e Charles afirmava que as vendas iam bem. Geralmente, recorríamos a Charles para as questões de gosto do público. Ele era o único que levava aquilo que eu considerava uma vida normal — casado com a mesma mulher desde sempre e às voltas com suas filhas trigêmeas adolescentes. Ele gostava de contar historinhas divertidas, anedotas no estilo *Família Dó-Ré-Mi* sobre as filhas, e nós ficávamos por perto escutando, como se fôssemos um bando de antropólogos estudando costumes estrangeiros.

Nandina e eu deixávamos o Natal passar quase despercebido. Tínhamos parado de trocar presentes há muitos anos e, além da guirlanda falsa que ela comprara no supermercado, não havia tentativa nenhuma de decorar a casa. No Dia de Natal, fomos jantar na casa de tia Selma, como fazíamos desde crianças. Nem mesmo meu casamento havia mudado aquilo, apesar de eu e Dorothy jurarmos, todos os anos, que faríamos alguma coisa diferente no Natal seguinte. A comida era sinistra e a lista de convidados havia encolhido à medida que vários parentes morriam ou se mudavam para longe. Nesse ano, havia apenas cinco lugares à mesa: a própria tia Selma, Nandina e eu, Roger (filho de tia Selma) e sua terceira esposa, muito mais jovem que ele, Ann-Marie. Não víamos Roger e Ann-Marie desde o último Natal, então tínhamos que lidar com a questão da morte de Dorothy. Roger era uma das pessoas a favor de fingir que nada tinha acontecido. Ele até estava visivelmente desconfortável com meu mau gosto em aparecer para o jantar, mas Ann-Marie foi direto ao assunto:

— Fiquei tão triste — ela disse — ao saber que Dorothy tinha falecido!

— Obrigado — respondi.

— E no Natal *passado* ela estava tão bem!

— Sim... ela *estava* bem.

— Mas como você está? — ela me perguntou.

— Estou bem.

— Quero dizer, de verdade.

— Estou bem, apesar de toda a situação.

— Estou perguntando porque minha amiga, sabe, a Louise, ela acabou de perder o marido.

— Ah, sinto muito!

— Ele faleceu na manhã de ontem. Leucemia.

— Ontem! — exclamou tia Selma. — Na véspera do Natal?

— Pois é, e ela nunca mais vai poder passar o Natal sem se lembrar de Barry.

— E também fica difícil para marcar o velório — completou tia Selma.

— Mas, Aaron — perguntou Ann-Marie —, você tem alguma palavra de sabedoria que eu possa passar para ela?

— Palavra de sabedoria — repeti.

— Tipo: como lidar com esse processo do luto?

— Eu bem que queria saber — respondi. — Acho que não posso ajudar muito.

— Ah, tudo bem. Vou apenas dizer a ela que você sobreviveu — ela disse.

Roger disse:

— Francamente, Ann-Marie! Como se sobreviver à morte de uma pessoa querida fosse repreensível de alguma forma.

Mas o mais curioso é que, naquele momento, percebi que *tinha* sobrevivido mesmo. Imaginei a amiga de Ann-Marie acordando na manhã de hoje, o primeiro dia inteiro da vida dela sem o marido, e agradeci aos céus por já ter passado daquela fase. Apesar de sentir uma dor constante, parecia que havia me afastado um pouco, sem saber, daquela primeira dor insuportável.

Eu me endireitei na cadeira e respirei fundo. Foi então que comecei a acreditar que conseguiria mesmo atravessar tudo isso.

* * *

Mesmo assim, duas noites mais tarde, tive um daqueles pensamentos parecidos com sonhos, que passam pela cabeça quando se está quase dormindo. "Mas como assim?", pensei, "faz tempo que Dorothy não me liga!"

Ela tinha o costume de me ligar do trabalho, no começo de nosso casamento, só para dizer um "oi" e saber como meu trabalho estava indo. Então, pelo jeito, a lua de mel tinha chegado ao fim. Senti uma ponta de arrependimento, apesar de saber que as coisas eram assim mesmo.

Mas então despertei totalmente e pensei: "Ah, ela morreu!". E não foi nem um pouco mais fácil do que no começo. "Não vou conseguir fazer isso," pensei, "não sei como. Eles não têm nenhum curso sobre isso, e eu não tenho nenhuma experiência!".

Na verdade, não tinha feito progresso algum.

* * *

O inverno de verdade chegou na metade de janeiro. Havia vários centímetros de neve no chão e algumas semanas de um frio sem compaixão. Mas o trabalho na parte de fora de minha casa estava quase terminando, e Gil e seus funcionários já estavam trabalhando lá dentro. Ele me disse que estavam refazendo o gesso do teto agora.

— Ah, que bom — eu disse.

Mas não fui ver com meus próprios olhos. Nandina foi. Ela fez seu relatório mais tarde: disse que alguém tinha que compensar minha falta de educação. Perguntei:

— Falta de educação? Mas com quem eu fui mal-educado?

— Com os caras que instalaram o gesso, claro! — ela respondeu. — Esses trabalhadores precisam saber que o cliente está gostando. Eles fizeram um trabalho excelente no teto. Sem falha nenhuma.

— Que bom!

— Agora, você vai ter que escolher o piso para o hall de entrada.

— Sim, Nandina. Gil trouxe umas amostras. Votei na cor "xarope de bordo".

— Você votou em "mel quente", mas como vai saber como o "mel quente" vai ficar no chão de seu hall se está sentado no sofá de minha sala de estar?

— Tá bom, então, vá *você* — disse a ela —, já que faz tanta questão!

E ela foi. Voltou para anunciar que "mel quente" ficaria bem, ela achava, mas que, em sua opinião, "caramelo" funcionaria melhor.

Eu disse:

— Tudo bem. Então vamos com o "caramelo".

Esperei que aquilo fosse resolver as coisas, mas, por algum motivo, ela não parecia muito satisfeita.

* * *

No meio daquele período meio morto entre Natal e Páscoa, Charles propôs uma nova estratégia de marketing.

— A temporada dos presentes vem aí — ele disse. — Dia das Mães, Dia dos Pais, formaturas, casamentos em maio... E se a gente oferecer uma coleção dos livros da série *Para Iniciantes*, embalados juntos de acordo com o tema? Por exemplo, casais de noivos poderiam levar *Equipamentos de Cozinha para Iniciantes*, *Planejamento de Cardápios para Iniciantes* e *Jantares para Iniciantes*. Sem publicar nada novo: só os livros que já existem, mas embalados em cores diferentes. Estava pensando em um branco bem brilhante para os noivos; cor-de-rosa para o Dia das Mães, talvez. Vocês estão me entendendo?

Nandina respondeu:

— Por que você não falou sobre isso na reunião desta manhã, Charles?

Já era fim de tarde e estávamos todos na sala grande para onde davam nossas salas. Nandina estava saindo mais cedo, de novo. Ela estava com o casaco pendurado no braço. Mas Charles se mexeu confortavelmente em sua cadeira e disse:

— Eu ainda não tinha pensado nisso hoje pela manhã. Tive a ideia durante o almoço. Isso sempre acontece comigo quando bebo um martini na hora do almoço. Preciso beber mais.

Nandina virou os olhos e Irene riu sem tirar os olhos do catálogo que estava estudando. Mas eu disse:

— Eu entendo o que você está querendo dizer.

— Mas não pode ser *qualquer* martini — revelou. — Foi um dia lento e matei um pouco de tempo reorganizando a série *Para Iniciantes* por título, em vez de data. Todos os temas estavam fresquinhos na minha cabeça.

Eu disse:

— Para os formandos, podemos ter, na caixa, *Entrevista de Emprego*, *Caça à Casa Perfeita* e *Orçamento Mensal*. E talvez, também, *Equipamentos de Cozinha*.

— Exatamente — Charles disse. — E poderíamos atualizar qualquer título mais antigo, se necessário.

Peggy disse:

— Mas essas caixas podem ser tão limitadoras! Alguém que acabou de se formar na faculdade pode ainda não estar pronto para comprar uma casa. Ou uma noiva pode ter comprado o *Orçamento Mensal* quando saiu de casa.

— Esta é a beleza do projeto! — Charles explicou para ela. — As pessoas gostam de coleções completas. Isso satisfaz algum tipo de instinto de colecionador. Elas compram o mesmo livro, de novo, se ele mudar de cor, só para combinar com os outros. Ou vão dizer: "*Algum dia* vou precisar procurar uma casa".

— Você tem razão — disse Irene. Ela colocou o catálogo sobre a mesa, deixando sua unha longa e vermelha marcar a página. — Eu acabei de comprar um novo estojo da coleção de *Anne de Green Gables*, apesar de ter quase todos os livros da série em edições diferentes.

— Você lê *Anne de Green Gables*? — perguntei.

Peggy disse:

— Ah, é verdade! Fiz a mesma coisa com a coleção de livros do Ursinho Pooh.

Por algum motivo, isso era mais fácil de visualizar que Irene se aconchegando para ler *Anne de Green Gables*.

Apenas Nandina ainda não parecia convencida.

— Vamos falar sobre isso amanhã — ela disse enquanto se encaminhava para a porta. — Estou atrasada para um compromisso.

— Mas é uma ideia, você não acha? — Charles gritou para ela. E então, para o restante de nós, já que Nandina tinha saído: — Vocês não acham?

— Eu acho — respondeu Irene. — Na verdade, é uma ideia brilhante.

— Ah, é apenas *Marketing para Iniciantes* — ele disse modestamente.

— Parece mais *Trambique para Iniciantes* — completei.

— Ei! Mas você mesmo disse que entendia o que eu estava tentando dizer.

— E entendo — respondi.

Provavelmente tinha ficado com um pouco de inveja. Irene nunca tinha dito que alguma de *minhas* ideias era brilhante.

Eu tinha mais uma tarefa antes de ir para casa: uma reunião em minha sala com um tal de sr. Dupont, que queria publicar seus diários de viagem. O título de seu livro era *Objetos podem ter mudado de lugar*, como a plaquinha nos bagageiros do avião, o que eu achava promissor. Mas o original propriamente dito, pelo menos pelo que tinha visto ao folheá-lo enquanto ele se sentava à minha frente, consistia de descrições dramáticas de vistas de montanhas de tirar o fôlego e pratos nativos deliciosos que havia provado. Claro que eu não tinha nada com isso. Discutimos custos, prazo para publicação, essas coisas, e eu disse a ele que seria um prazer fechar o negócio. Então, nos levantamos, apertei a mão dele e ele foi embora.

Peggy era a única que ainda estava na sala. Estava sentada de costas para mim, digitando, e eu estava prestes a parar e fazer alguma observação amigável sobre como ela não deveria trabalhar até tarde quando ela disse, ainda clicando com o mouse:

— Não se esqueça de sua bengala.

Aquilo me irritou, então resolvi nem parar. Simplesmente disse:

— Já peguei — e passei por ela em direção ao cabide de casacos, onde tinha pendurado a bengala naquela manhã.

— Você foi para casa sem ela duas vezes na semana passada — ela observou.

— Sim? E daí? Você tem que admitir que, de alguma maneira, consegui mancar até aqui no dia seguinte.

Atrás de mim, as teclas do computador ficaram em silêncio. Eu me virei para encontrar seus olhos muito azuis e muito arregalados.

— Ah! — ela disse. — Então temos que fingir que você *não* usa bengala?

— Não, eu... É que na verdade eu não preciso dela — respondi. — Eu poderia muito bem viver sem isso.

— Ah.

Eu me senti meio mal latindo para ela daquele jeito, mas ela já tinha começado a digitar de novo, então simplesmente me despedi:

— Boa noite, então.

— Boa noite — respondeu, sem tirar os olhos da tela.

* * *

Não podia deixar de perceber que eu andava bem grosso aqueles dias. Pensei nisso enquanto dirigia para casa. Na reunião geral, naquela manhã, quando Nandina instalou o silêncio batendo a caneta contra a caneca de café, quase arranquei a cabeça dela com os dentes.

— Pelo amor de Deus, Nan — eu falei —, você tem de agir como se estivéssemos em um Congresso Continental?

Mas Nandina sabia muito bem responder:

— Sim, tenho, sim — ela havia respondido. — E você sabe muito bem que odeio ser chamada de "Nan".

Peggy, por outro lado... Uma criança poderia ter desenhado aqueles olhos dela, com os cílios ao redor como raios de sol.

Estacionei o carro em frente à casa de Nandina e pensei: "Estou virando um daqueles velhos ranzinzas que as crianças têm medo de visitar no Halloween".

O carro de Nandina estava parado em frente à garagem, como me desapontei ao ver. Esperava que ela ainda não tivesse voltado de seu compromisso. Suspirei e me arranquei de trás do volante. Talvez eu devesse ir direto para meu quarto — e ignorá-la completamente.

Mas, quando abri a porta da frente, eu a ouvi falando na cozinha. Evidentemente, seu compromisso era em casa, com alguém que ia consertar alguma coisa, talvez. Então a pessoa respondeu, e era Gil. Reconheci a voz dele, apesar de não conseguir ouvir o que estava falando. Ainda de casaco, fui até a cozinha.

— Olá — eu disse.

Gil estava sentado à mesa, com a japona pendurada na cadeira e as mangas de sua camisa de flanela arregaçadas. Nandina estava de pé ao balcão, fatiando uma laranja.

— Aaron! — exclamou, virando-se. — Não ouvi você entrando.

— Oi, Gil — eu disse.

Ele acenou com uma de suas mãos de luva de beisebol e respondeu:

— Tudo bem, Aaron?

— Tudo certo lá na casa? — perguntei. Geralmente ele não vinha até mais tarde.

Ele respondeu:

— Ah, sim. — E começou a procurar alguma coisa nos bolsos da camisa. — Mas eu trouxe o orçamento para a parte elétrica — ele disse. — Está aqui em *algum* lugar...

— Estou preparando uma bebida para o Gil — Nandina explicou para mim. — Você quer uma também?

— O que tem aí?

— Suco de laranja, um kiwi, gengibre, um papaia...

— Uau!

— ... metade de um melão, duas hastes de aipo...

Ela estava com a centrífuga de sucos sobre o balcão — um eletrodoméstico complicado que não tinha visto há alguns anos, desde que ela namorara um *vegan*. Eu me lembrei que dava o maior trabalho. Supostamente, você poderia colocar a centrífuga na lava-louça, mas não era muito prática, já que algumas peças entupiam a máquina.

Espere aí.

Quando ela estava namorando um...

Olhei para ela e então para Gil, que estava sentado placidamente à espera de sua bebida. Olhei para Nandina de novo.

Ela ficou vermelha.

Eu disse:

— Ah.

5

Como é que não me dei conta de tantos sinais?

As frequentes intromissões de Nandina em minhas reuniões com Gil, por exemplo. Claro, ela sempre tinha sido enxerida, mas aquilo já era um caso extremo: quando eu e Gil estávamos conversando na sala de estar, ela descobria simplesmente que precisava pegar um livro na estante e, então, aproveitava para nos oferecer algo para beber. Quando voltava com a bandeja, ficava por perto o máximo que podia, casualmente, às vezes dando sua opinião, até que se encaminhava para uma cadeira e sentava-se ali como quem nem percebe o que está fazendo.

E a prontidão dela para ir de carro até minha casa pelos motivos mais banais — esvaziar a geladeira, dar uma olhada no gesso, verificar minha escolha do piso caramelo não-sei-o-quê. E sempre durante o dia, não é mesmo? Quando era provável que Gil estivesse por lá também.

E todas as perguntas que ela fizera sobre o passado dele? E não é que ela não estava perguntando por suspeitar dele? Era curiosidade pessoal. Como uma colegial que investiga os detalhes mais triviais sobre o menino pelo qual tem uma paixonite — o horário de sua aula de educação física, onde fica a sala dele... E, exatamente como uma colegial, ela aproveitava cada oportunidade que tinha para dizer o nome dele. "Gilead", ela dizia, e a colher ficava abandonada dentro da panela.

Além disso, não vinha mais usando aquele roupão de ficar em casa. Há semanas.

Mas será que era recíproco?

Senti uma pontada que era quase dor. Eu não poderia suportar ter de sentir pena dela.

Mas pense bem: Gil não precisava se encontrar comigo com tanta frequência. Eu já tinha dito a ela, mais de uma vez, que o trabalho parecia estar seguindo bem e que ele só precisava me avisar quando aparecesse algum problema. Porém, ele parecia ter assuntos para discutir o tempo todo. E, a cada reunião, mostrava-se mais falante, os assuntos mais estranhos vinham à tona e parecia que eu estava conversando com um amigo. E eu me gabando que era de mim que ele estava ficando tão próximo! Sentira um cheiro no ar quando ele viera aqui recentemente e identifiquei um toque de colônia *Old Spice*. Até disse: "Alguém aqui tem planos para hoje à noite", esperando que ele fosse embarcar em uma conversa rápida sobre sua vida social. No entanto, ele simplesmente ficou vermelho, e fiquei me perguntando se tinha exagerado — ou suposto rápido demais que nossa relação ia além de empregador e prestador de serviço.

Além disso, por que é que ele dissera para ela, e não para mim, que viria mais cedo naquela noite?

* * *

Não disse nada diretamente para nenhum dos dois. Aceitei um copo do suco de Nandina, sentei-me para conversar com eles por alguns minutos e deixei que Gil apresentasse o relatório de seu dia de trabalho. Na verdade, estava extremamente alerta e vi como Nandina continuou por perto, mesmo quando o assunto era uma instalação elétrica antiquada que tinham descoberto na parede de minha sala de estar — um tópico *nada* interessante e que, com certeza, dispensava a opinião dela. Vi como as mãos dos dois se tocaram sem querer quando ele passou para ela o copo vazio. Agora, ela estava apoiada no batente da porta e inclinava a cabeça sedutoramente, enquanto nos despedíamos ao final da visita.

Então, ela voltou correndo para a cozinha, para começar a preparar o jantar, sem nem olhar para mim, nem permitir que eu a interrogasse.

É claro que não fui atrás dela. Era uma mulher adulta. E tinha direito à privacidade.

Até então, tudo o que sabia sobre Gil me fazia gostar dele. Ele parecia ser um homem bom — honesto, confiável, habilidoso, gentil. Podia não ter terminado a faculdade, mas era claramente inteligente e imaginei que ele e Nandina estavam mais ou menos no mesmo nível. Assim, não tinha objeção alguma.

Mas não pude deixar de me sentir um pouco, hum..., saudoso ao vê-los juntos nas semanas seguintes.

Já era abril, começo da primavera. Apesar de o tempo ainda estar meio frio, os narcisos amarelos já estavam desabrochando e as árvores começavam a florescer. Gil e Nandina passaram a sair juntos abertamente para namorar, se é que se podia chamar isso de namorar. No primeiro encontro, pouco tempo depois do dia do suco, Nandina me informou de soslaio que não faria o jantar no dia seguinte. Gil sugerira que eles experimentassem um café novo em Hampden, ela disse. Eu disse: "Ah, tudo bem, vou requentar aquele ensopado de carne, então", — como se a comida fizesse diferença nesse caso. Na noite seguinte, sentei-me para ler o jornal no sofá e, quando Gil apertou a campainha, deixei que Nandina atendesse. Ele entrou na sala de estar e disse: "Oi, Aaron". Levantei a cabeça e perguntei: "Tudo bem, Gil?". Ele parecia tímido, mas determinado, o rosto recém-barbeado e brilhante, e sua camisa de manga curta cuidadosamente passada. Há quanto tempo ele estava vindo a esta casa em roupas limpas demais para serem aquelas que ele usava no trabalho? Desde quase o começo de nossas reuniões, me dei conta. Então, pode ser que ele já sentisse atraído por Nandina desde o início.

Eu estava sinceramente feliz por eles. Mesmo assim, depois que saíram, quando voltei para meu lugar no sofá e fiquei vendo os dois através da janela da frente, senti uma punhalada no coração ao vê-los andando lado a lado em direção à caminhonete de Gil. Eles estavam quase se tocando, faltava pouco: havia talvez uns 3 centímetros de distância entre os dois, e era possível perceber que, de alguma maneira, ambos estavam muito conscientes daquele espaço — altamente conscientes, *eletricamente* conscientes. Por um momento, lembrei-me de quando tinha acabado de conhecer Dorothy e ela se ofereceu para me mostrar seu local de trabalho. Ela se levantou e foi até a porta do consultório; eu pulei de meu lugar para segui-la, passei por ela e alcancei a porta por cima de sua cabeça, só para abri-la para ela. Devo tê-la confundido. Ela deu um passo para trás. Por um momento, ficou abrigada sob meu braço e, apesar de não haver nenhum ponto de contato entre nós, senti que estava cercando seu corpo com uma camada invisível de calor e proteção.

Mesmo em tão pouco tempo eu já a amava.

* * *

Nós nos conhecemos em março de 1996, durante o *Câncer para Iniciantes*. O dr. Byron Worth era nosso autor — médico generalista, clínico geral, que já tinha fornecido material para *Trabalho de Parto para Iniciantes* e *Ataque Cardíaco para Iniciantes*. Mas esses livros não eram muito técnicos, entende? Eram mais como itens de uma coleção de sugestões para a vida diária: como dormir confortavelmente nos últimos meses de gravidez, como pedir pratos mais saudáveis nos restaurantes. Para o livro sobre câncer, o dr. Worth já tinha entregado a seção sobre quimioterapia, que incluía algumas receitas que pareciam deliciosas, de vitaminas ricas em calorias, mas que não estava muito completa em termos de radiologia, como ele mesmo dissera. Ele comentou que, provavelmente, precisaríamos consultar um especialista. E foi assim que marquei uma reunião com a dra. Dorothy Rosales, que tinha tratado do sogro de Charles depois de uma cirurgia de tireoide.

Ela usava um jaleco branco tão engomado que talvez pudesse ficar de pé sozinho, mas suas calças estavam amassadas e enrugadas, em parte porque eram compridas demais para ela. Elas se acumulavam sobre os sapatos, mais parecidos com tamancos, e se prendiam na parte de trás do salto. Isso fazia com que ela parecesse ainda mais baixa, e mais larga também. Dorothy estava de pé, próxima a uma estante de livros, quando a recepcionista me levou até seu consultório. Estava consultando um volume grande e pesado e, como tinha miopia, havia empurrado os óculos para cima da testa, o que lhe dava um aspecto de quatro-olhos muito peculiar, que me fez sorrir no instante em que a vi. Mas, mesmo à primeira vista, gostei de seu rosto largo e bronzeado e de sua expressão tranquila. Eu me parabenizei ao perceber que o cabelo curtíssimo, que não a favorecia, era — como se diz — "mais negro que a asa da graúna".

Eu disse:

— Dra. Rosales?

— Sim.

— Meu nome é Aaron Woolcott. Liguei para falar da consultoria para nosso livro.

— Sim, eu sei.

Isso me deixou meio sem graça por um momento. Hesitei e, então, estendi a mão:

— Prazer em conhecê-la! — eu disse.

A mão dela era morna e acolchoada, mas a pele era áspera. Ela apertou a minha com eficiência e, então, afastou-se para colocar os óculos de volta à posição adequada.

— O que aconteceu com seu braço? — ela me perguntou.

É verdade que, ao estender o braço para cumprimentar alguém, tendo a apoiar o cotovelo com minha mão boa. Mas a maioria das pessoas não percebe, ou, pelo menos, não comenta. Respondi:

— Ah, só uma doença que tive na infância.

— Hum — ela murmurou. — Bem, sente-se.

Eu me sentei em uma cadeira de plástico em frente à mesa dela. Imaginei que, geralmente, duas pessoas viriam à primeira consulta — um casal, ou um filho ou filha mais velhos acompanhando o pai ou a mãe. Esse consultório deve ter visto visitantes bem nervosos. Mas a dra. Rosales, sentada atrás de sua mesa, tranquila e sem pressa, os deixaria mais confiantes instantaneamente. Ela juntou as palmas das mãos e disse:

— Não sei ao certo o que você quer de mim.

— Bom, não esperamos que você escreva nada — expliquei. — Temos um médico generalista fazendo isso para nós, o dr. Byron Worth.

Fiz uma pausa, dando tempo a ela para ver se reconhecia o nome. Em vez disso, ela continuou me observando. Os olhos dela era de um preto límpido, sem nenhum toque de outra cor por trás. Pela primeira vez, me passou pela cabeça que ela poderia ser estrangeira, quer dizer, mais estrangeira que uma mera descendente de latinos.

— O dr. Worth está tentando dar a nossos leitores algumas dicas para lidar com os obstáculos diários enfrentados por quem tem câncer — expliquei. — Ele já discutiu as questões emocionais, a relação entre médico e paciente, os aspectos práticos das várias opções de tratamento... exceto a radiação, com a qual ele não tem experiência. Sugeriu que consultássemos um oncologista radiologista, que poderia nos esclarecer melhor sobre o assunto. Em termos mais concretos, dizer o que o paciente pode esperar

— Entendo — ela disse.

Silêncio.

— É claro que pagaremos pelo seu tempo e citaremos sua contribuição no prefácio.

Pensei em continuar falando e contar para ela que, depois de *Trabalho de Parto para Iniciantes*, uma parteira, cujo nome havia sido mencionado no livro, havia conseguido triplicar a clientela. Mas não tinha certeza se médicos procuravam promover seus negócios da mesma maneira. Especialmente esta médica. Ela não parecia precisar de nada. Parecia inteira em si mesma.

Parecia fascinante.

— Então — eu disse —, é quase meio-dia. Posso levar você para almoçar para discutirmos isso mais a fundo?

— Não estou com fome — ela respondeu.

— Ahn...

— Então — ela continuou —, você só quer saber mais sobre o processo? Mas o processo é diferente para cada tipo de tumor. E até mesmo para cada paciente.

— Ah, bem, não precisaríamos entrar em muitos detalhes — expliquei. — Nada extremamente médico, ahahah!

Eu estava agindo como um idiota. A dra. Rosales continuava sentada ali, me observando. Comecei a torturar meu cérebro em busca de alguns exemplos de perguntas, mas nada me veio à mente. Afinal, tinha ido apenas para combinar o trabalho. Depois disso, o dr. Worth assumiria.

Mas nem pensar que eu o deixaria assumir nada com Dorothy Rosales.

— Tudo bem — eu disse. — Tenho um plano. Nesta tarde, vou fazer uma lista de tudo aquilo que precisamos saber. Então, antes de decidir se quer participar ou não, pode dar uma olhada nas perguntas. Talvez durante o jantar. Eu poderia levá-la para jantar. A não ser que... seu marido a esteja esperando em casa?

— Não.

— Jantar no Old Bay — eu disse. Tive que me esforçar para tirar a alegria de minha voz. Já tinha notado que ela não estava usando aliança, mas hoje em dia isso não quer dizer muita coisa. — Assim que você sair do trabalho hoje.

— Eu não entendi — ela disse. — Por que isso tem que envolver comida?

— Bom... você precisa comer, certo?

— Certo — ela respondeu, e parecia aliviada. Eu poderia dizer que esse era o tipo de lógica de que ela gostava. — Tudo bem, senhor...

— Woolcot. Aaron.

— Onde fica esse Old Bay?

— Ah, posso levá-la de carro. Passo aqui para buscá-la.

— Não se preocupe — ela disse. — Nosso estacionamento tem parquímetro.

— Como assim?

— Nosso estacionamento. A gente paga por hora. Não faz sentido gastar mais do que já gasto.

— Ah.

Ela se levantou, e fiquei de pé, também.

— Não vou terminar aqui até as 7 horas — ela disse.

— Tudo bem! Vou reservar uma mesa para as 7h30. O restaurante fica só a quinze minutos daqui.

— Nesse caso, 7h15 seria mais adequado — ela disse.

— Está bem — concordei —, às 7h15, então.

Peguei um cartão de visitas de minha carteira e anotei o endereço do Old Bay. Como regra, eu teria escrito no lado em branco do cartão, mas, dessa vez, escolhi a frente. Queria que ela se familiarizasse com meu nome. Queria que começasse a me chamar de "Aaron".

Mas tudo o que disse quando nos despedimos foi: "Então, tchau". Ela não falou meu nome de qualquer forma. Nem se importou de me mostrar a saída.

* * *

Eu sabia que ela não era de Baltimore, porque qualquer um de Baltimore saberia onde ficava o Old Bay. Era aonde todos os nossos pais costumavam ir para jantar. Um lugar antiquado, por bons e maus motivos (a sopa de caranguejo, por exemplo, era uma delícia, mas os garçons tinham 80 anos e o ambiente era triste, frio e úmido). Eu havia escolhido o restaurante por razões geográficas, já que não ficava muito longe do consultório de Dorothy, mas também porque não queria um lugar com ar de negócios, nem eficiente demais. Queria que ela começasse a pensar em mim sob uma luz mais leve e social.

Bem, não adiantou muito, porque ela chegou em seu jaleco de médica. Casais bem-vestidos se espalhavam pelo salão, as mulheres em tons pastéis delicados de começo de primavera, e lá estava Dorothy, ao lado do *maître*, com sua bolsa de couro, estilo carteiro, pendurada atravessada sobre o peito e as mãos bem enterradas nos bolsos de seu jaleco branco engomado.

Fiquei de pé e acenei. Ela veio até a mesa, deixando o *maître* falando sozinho.

— Oi — ela disse ao se aproximar. Foi para a cadeira em frente à minha, mas fui mais rápido e a puxei, para que ela se sentasse.

— Seja bem-vinda! — falei enquanto ela se sentava. Voltei para minha cadeira. — Obrig... obrigado por vir.

— É tão escuro aqui! — disse, observando o salão. Ela se libertou da bolsa e a colocou a seus pés. — Você espera que eu leia alguma coisa nesta escuridão?

— Ler? Ah, não, só o cardápio — respondi, e dei uma risadinha que soou falsa. — Liguei para o dr. Worth para pedir uma lista de perguntas para fazer para você, mas ele disse que preferiria que marcássemos um horário para que você pudesse me explicar tudo sobre os equipamentos do tratamento. Ver o processo do começo ao fim, como se eu fosse um paciente.

Na verdade, eu não tinha dito uma palavra sobre isso com o dr. Worth, mas duvidava que ele fosse desaprovar que eu fizesse parte da pesquisa para ele.

Dorothy perguntou:

— Então... viemos a este restaurante só para marcar uma reunião?

— Mas também precisamos discutir o contrato. Quanto você gostaria de receber, por exemplo, e... o que você gostaria de beber?

Nosso garçom havia chegado, por isso, perguntei. Dorothy parecia surpresa, talvez imaginando, por um momento, que aquela era mais uma decisão profissional. Então, sua expressão se acalmou e ela pediu ao garçom:

— Uma Pepsi Diet, por favor.

— Diet! — exclamei. — Uma médica tomando adoçantes artificiais?

Ela piscou.

— Você não sabe o que o aspartame faz com seu sistema nervoso central? — perguntei. Eu havia sido fortemente influenciado por *Nutrição para Iniciantes*, sem mencionar a cruzada de minha irmã contra os refrigerantes. — Tome uma taça de vinho. Vinho tinto. É bom para o coração.

— Bom... Tudo bem.

Aceitei a lista de vinhos do garçom e escolhi um Malbec, duas taças. Quando o garçom saiu, Dorothy disse:

— Não estou muito acostumada a beber álcool.

— Mas com certeza conhece as virtudes da dieta mediterrânea, não?

— Conheço — respondeu. E estreitou os olhos.

— E sei que você deve ter ouvido falar do azeite de oliva.

— Olhe — ela disse —, você vai começar a me dizer quais são os sintomas?

— O quê?

— Estou aqui para discutir o projeto de um livro, está bem? Não quero ter que checar alguma sarda de nada que possa ser câncer.

— Checar *o quê*? Mas que sarda?

— Ou ouvir sobre aquela vez em que você achou que seu coração parou de bater por um segundo.

— Você está louca? — perguntei.

Ela parecia estar mais em dúvida ainda.

— Meu batimento cardíaco está perfeito! — eu disse. — Do que é que você está falando?

— Desculpe — ela disse.

Ela baixou os olhos para o prato. Então, empurrou a colher meio centímetro para a direita. E disse:

— Muitas vezes, as pessoas de fora do consultório me pedem conselhos de graça. Mesmo se só estiverem sentados a meu lado em um avião.

— Mas *eu* pedi? Você me ouviu pedir alguma coisa?

— Bom, eu pensei que...

— Isso é um grande equívoco — disse a ela. — Se eu precisar de conselho, vou marcar uma consulta com o médico da família. Que é excelente, se você quiser saber. Além disso, ele conhece todo o meu histórico médico, não que eu tenha qualquer motivo para ligar para ele.

— Eu já pedi desculpas.

Ela tirou os óculos e os poliu com o guardanapo, ainda olhando para baixo. Seus cílios eram volumosos, mas muito curtos e pesados. Sua boca se fechou em uma linha fina e infeliz.

Então, perguntei:

— Ei, Dorothy, quer começar de novo?

Houve uma pausa. Vi os cantos de sua boca começarem a tremer. Então ela olhou para mim e sorriu.

* * *

Fico triste ao pensar naqueles primeiros dias de namoro. A gente não sabia de nada. Dorothy nem sabia que era um namoro, no começo, e eu era como um cachorrinho que cresceu demais, ao menos é assim que me vejo a essa distância. Eu estava pulando ao redor dela, todo animado, com a língua de fora, fazendo o máximo para impressioná-la, enquanto ela se mantinha impassivelmente alheia a tudo.

Mas, àquela altura da vida, eu já havia tido meus romances. Tinha deixado para trás as meninas do ensino médio, que temiam que as pessoas as achassem estranhas e, então, não podiam ser vistas comigo. Na faculdade, me tornei um projeto de caridade para as aspirantes a assistentes sociais que todas as moças da faculdade pareciam ser. Elas associavam minha bengala a, vai saber, antigas feridas de guerra ou alguma coisa assim. Viam o cintilar prematuro do branco em meu cabelo como um sinal de misteriosos sofrimentos do passado. É claro que eu tinha alergia a esse ponto de vista, mas, no início, não sabia que era assim que elas me viam (ou não queria ver). Eu simplesmente me dedicava àquilo que considerava um amor verdadeiro. Mas, assim que me dava conta da situação, saía de perto. Ou às vezes *elas* iam embora, depois de perderem toda a esperança de me salvarem. Então eu me formei e, por um ano e meio, fiquei quieto e sozinho, tomando o cuidado de evitar uma série de doces jovens que minha família parecia viver jogando em meu caminho.

Agora você sabe por que achei Dorothy tão atraente — Dorothy, que nem discutiria a dieta mediterrânea comigo.

Fui ao consultório dela alguns dias depois para fazer um *tour* pelas salas de tratamento, perguntando: "E se um paciente tivesse esse tipo de tumor", "E se um paciente tivesse aquele tipo de tumor...". Fui mais uma vez com uma lista de questões que o dr. Worth supostamente havia ditado para mim. Depois disso, é claro, tive que mostrar o rascunho para ela durante mais um jantar, dessa vez em um lugar com iluminação melhor.

Então, houve um grande avanço: sugeri um cinema para a noite seguinte. Algo que não tinha nada a ver com o trabalho. Com isso, ela teve um pouco de dificuldade. Vi como estava trabalhando para se ajustar à situação em sua mente — mudando de "negócio" para "lazer". Ela disse:

— Não sei — e então completou: — Em que filme você estava pensando?

— O que você preferir — respondi. — Vou deixar que escolha.

— Bem... — ela disse. — Tudo bem. Não tenho nada melhor para fazer.

Fomos assistir ao filme — um documentário, que eu me lembre — e então, alguns dias depois, fomos ver outro. Depois, saímos para jantar mais algumas vezes. Conversávamos sobre o trabalho dela, meu trabalho, as notícias na TV e os livros que estávamos lendo (ela lia séria e pragmaticamente, sempre sobre algum assunto científico, isso quando não era especificamente radiológico). Trocamos as histórias de sempre sobre a infância. Ela não via a família há anos, disse. E parecia surpresa pelo fato de eu morar em um apartamento a apenas quarteirões de distância de meus pais.

Naquele primeiro filme, peguei o cotovelo dela para levá-la até sua cadeira, e, no segundo, sentei-me com meu ombro tocando o dela. Ao me inclinar sobre a mesa para explicar alguma coisa durante um jantar, cobri as mãos dela com as minhas; ao me despedir no final de cada noite, comecei a dar um abraço breve nela — não mais que um abraço que eu daria em uma amiga. Ah, tudo bem, fui cauteloso mesmo! Ainda não a entendia completamente; não conseguia ler seus sentimentos. E já sabia que isso era importante demais para me arriscar com pequenos erros.

Em abril, levei para ela um exemplar de *Imposto de Renda para Iniciantes*, que, na verdade, não era sobre impostos, mas sobre como organizar comprovantes e coisas assim. Ela dizia ser incorrigivelmente desorganizada; e então, como se estivesse querendo provar isso, esqueceu-se de levar o livro com ela ao sair do restaurante. Eu me preocupei com o que aquilo poderia querer dizer. Senti que ela tinha se esquecido de *mim* — "o que vem fácil, vai fácil", dizem por aí —, e não ajudou em nada quando me ofereci para voltar com o carro, naquele minuto, para buscá-lo, e ela disse para eu não me importar, que ela simplesmente ligaria para o restaurante mais tarde.

Será que ela se importava comigo, mesmo que só um pouco?

Então, ela perguntou por que é que eu não tinha uma placa de carro para deficientes. Estávamos indo para meu carro depois de uma peça no Teatro Everyman. Respondi:

— Porque não preciso de uma placa de deficiente.

— Você vai acabar com suas costas, andando tanto quando tem que mancar assim. Estou surpresa por já não ter acontecido.

Eu não disse nada.

— Você quer que eu mande um formulário para o pessoal do Departamento de Transportes?

— Não, obrigado — respondi.

— Ou talvez você prefira um aviso desses de pendurar no carro. Assim, poderíamos colocá-lo no meu carro se eu estivesse dirigindo.

— Já disse que não — respondi.

Ela ficou quieta. Entramos no carro e a levei em casa. A essa altura, eu já sabia onde ela morava — um apartamento de porão perto do antigo estádio —, mas ainda não tinha entrado em sua casa e havia planejado sugerir que ela me convidasse naquela noite. Mas não falei nada. Então, disse:

— Bom, boa noite! — E me estiquei por cima dela para abrir a porta.

Ela olhou para mim por um momento e respondeu:

— Obrigada, Aaron! — E saiu.

Esperei até ela entrar sã e salva no prédio e fui embora. Estava me sentindo meio deprimido, para falar a verdade. Não que não estivesse mais apaixonado por ela, mas me senti muito triste, de uma vez só. E muito cansado. Cansado até os ossos.

Ainda insistindo no tema "vamos ver os apartamentos um do outro", tinha planejado convidá-la para jantar em minha casa. Estava pensando em preparar meu famoso espaguete com almôndegas, mas resolvi adiar alguns dias, porque parecia trabalho demais. Eu teria que comprar aquela mistura especial de carnes moídas, para começar. Vitela etc. Carne de porco. E não confiava em qualquer supermercado para isso; teria de ir ao açougue. Parecia um esforço grande demais para um prato que, na verdade, não era lá muito especial.

Dei um tempo. E me convenci de que precisava de algum espaço. Pelo amor de Deus, nós tínhamos saído seis vezes nas últimas duas semanas — uma vez, duas noites seguidas!

Ela me ligou na quarta-feira (tínhamos nos visto pela última vez no sábado). Ela não tinha meu telefone, então ligou para a Editora Woolcott. Peggy enfiou a cabeça dentro de minha sala e disse:

— Dra. Rosales: linha dois.

Ela poderia simplesmente ter transferido a ligação de sua mesa, mas, com certeza, estava pensando por que uma médica estava ligando para mim. Eu me recusei a satisfazer sua curiosidade.

— Obrigado — foi tudo o que disse, e esperei que saísse antes de tirar o fone do gancho.

— Alô? — eu disse.

— Oi, Aaron, é Dorothy.

— Oi, Dorothy.

— Faz tempo que não falo com você.

Aquilo era direto demais para meu limite de conforto. Eu fiquei meio surpreso e, tenho que dizer, admirado. Era mesmo típico dela.

— Ah, ando tão ocupado! — disse.

— Ah.

— Muito trabalho.

— Bem, eu gostaria de convidá-lo para jantar — ela disse.

— Jantar?

— Eu vou cozinhar.

— Ah!

Não sei por que aquilo era tão inesperado. Por algum motivo, não conseguia imaginar Dorothy cozinhando. Apenas tentar imaginar me fez ver suas mãos, que tinham as costas lisas apesar dos dedos ásperos, douradas de tão bronzeadas e gordinhas. Fui atingido por uma onda de desejo. Respondi:

— Eu adoraria jantar na sua casa.

— Que bom! Que tal às 8 horas?

— Hoje à noite?

— Hoje, às 8.

— Estarei lá — respondi.

* * *

Mais tarde — bem mais tarde, quando estávamos planejando nosso casamento —, Dorothy me contou tudo que houve por trás daquele convite para jantar. Ela começou com a razão pela qual me convidou: tinha se dado conta, durante os quatro dias em que não liguei, de como sua existência era silenciosa e solitária.

— Eu me dei conta de que não tinha amigos próximos, nem vida familiar, e, no trabalho, estavam sempre reclamando de que eu não conseguia "interagir", seja lá o que isso queira dizer...

Ela descreveu como tinha arrumado o apartamento antes de minha chegada, empurrando os móveis freneticamente e enfiando livros, papéis e roupas jogadas nos guarda-roupas, nas gavetas das cômodas ou onde coubessem. Então, quebrou a cabeça pensando no cardápio.

— Todo homem gosta de filé, certo? Então, liguei para a seção de livros de referência da Biblioteca Pratt, para descobrir como cozinhar um filé. Eles sugeriram grelhado ou assado, mas eu não tinha uma grelha e não tinha muito certeza de como assar alguma coisa, então, eles disseram: "Tudo bem, frite o filé na frigideira..." e então as ervilhas, bem, isso pelo menos não foi um problema: todo mundo sabe cozinhar uma caixa de ervilhas congeladas...

Mas será que ela se dedicou da mesma maneira aos assuntos da conversa daquela noite?

Ah, provavelmente, não! Provavelmente, foi tudo obra do acaso. Afinal, fui eu que comecei, quando fiz um comentário sobre o tamanho do apartamento dela.

— Este lugar é gigante! — disse ao entrar. Era meio desarrumado, mas enorme, com uma sala de jantar de verdade abrindo-se para a sala de estar. — Quantos quartos você tem?

— Três — ela respondeu.

— Três! Tudo isso para uma pessoa só!

— Bem, é que eu dividia com uma pessoa, mas ele se mudou.

— Ah.

Aceitei o lugar que ela me ofereceu para me sentar, na ponta de um sofá-cama barulhento, de metal, coberto por um xale indiano. Ela já tinha arrumado as taças de vinho sobre a mesinha de centro e uma garrafa de vinho (Malbec, eu vi), e me passou a garrafa com um saca-rolha. Então, se sentou a meu lado. De tão perto, podia sentir o cheiro do perfume dela, ou do xampu, ou alguma coisa assim. Ela estava usando um suéter preto com decote profundo, que eu nunca tinha visto antes, e as calças pretas de sempre. Fiquei pensando se aquela era a versão dela de roupa chique.

Parecia que sua mente ainda estava em seu antigo colega de apartamento. Ela comentou:

— Ele se mudou porque eu não era... médica o suficiente.

— Médica o suficiente?

— Por exemplo, uma vez ele me disse: "Tudo que eu como parece salgado demais. O que você acha que pode ser?", e eu respondi: "Não tenho a menor ideia". Ele perguntou: "Não, sério, o quê?". "Talvez simplesmente seja salgado demais", respondi. Ele continuou: "Mas, não, as outras pessoas não acham salgado demais. Você acha que pode ser sintoma de alguma coisa?". E eu: "Bom, talvez de desidratação. Ou de um tumor no cérebro". "Tumor no cérebro...", ele disse, "Ai, meu Deus!"

Não consegui entender direito. Ela parou de falar e olhou para mim na expectativa, e eu comentei:

— Mas que idiota!

— Ele me pedia para apalpar uma glândula inchada — ela contou após uma pausa — ou ficava pensando o que uma dor nas costas poderia ser, uma dor nas costas perfeitamente normal depois de fazer musculação, ou pedia para eu receitar alguma coisa para sua enxaqueca.

— Bom, mas isso é ridículo! — eu disse. — Ele era seu colega de apartamento, não seu paciente.

Mais uma pausa. Então, ela confessou:

— Na verdade, ele era mais um... Bom, na verdade, formávamos um casal.

Isso não deveria ser um choque para mim. Ela era uma mulher de 30 e poucos anos; você começaria a imaginar o que havia de errado com ela se nunca tivesse tido um homem em sua vida. Mas, por alguma razão, eu me gabava como se fosse o primeiro a apreciá-la como pessoa propriamente. Perguntei:

— Mas um casal sério?

Ela ainda estava seguindo sua linha de pensamento. E continuou:

— Hoje eu vejo que ele provavelmente achava que eu não sabia... tomar conta dele.

— Ridículo — falei de novo.

— Então, disse para mim mesma: "Tenho que aprender com essa experiência".

Ela ainda esperava, cheia de expectativa.

Dessa vez, entendi.

Eu disse:

— Ah!

— Eu não queria que alguém achasse que eu... que não me preocupo.

Respondi:

— Ah, querida, minha querida. Eu nunca precisaria que você se preocupasse comigo.

E então tomei o rosto dela entre as mãos e me inclinei para a frente para beijá-la, e ela me beijou também.

* * *

Eu sabia que as pessoas achavam que Dorothy era uma escolha inesperada.

Meu pai disse que ela era "interessante" — a mesma palavra que ele usou quando encarou uma das receitas de forno mais experimentais de minha mãe.

Minha mãe perguntou a idade dela.

— Não tenho a menor ideia — respondi.

(Na verdade, Dorothy tinha 32 anos. Eu tinha 24 e meio.)

— É só porque — minha mãe explicou — eu estava pensando que Danika Jones tem mais ou menos a sua idade.

— Quem?

— Danika, do trabalho, Aaron. Como assim "quem"?

Danika era nossa *designer* gráfica, a *designer* que precedeu Irene. Sua contratação foi o último ato de meu pai, antes de passar a empresa para minhas mãos, e finalmente enxerguei o porquê. Eu disse:

— Danika! Ela pinta os dedos dos pés com esmalte!

— E o que tem de errado com isso? — quis saber minha mãe.

— Sempre fico incomodado com mulheres que pintam os dedos dos pés. Isso me faz pensar no que elas estão escondendo.

— Ah, Aaron — disse minha mãe, cheia de tristeza —, quando é que você vai se dar conta de como é atraente? Poderia ficar com a garota que quisesse! Um dia você vai entender isso.

Minha irmã disse que não havia nada de errado com Dorothy, se você não se importasse com uma mulher que tinha as habilidades sociais de um urso panda. Aquilo só me fez rir. Dorothy era mesmo um pouco como um urso panda. Ela tinha a mesma circunferência e compacidade, a mesma maneira convicta de agir.

Só eu sabia que, por trás daquelas roupas quadradas, ela tinha um corpo que parecia um pequeno vaso de argila. Sua pele tinha um brilho azeitonado e polido e ela me passava uma calma, uma calma iluminada por dentro, que me deixava relaxado sempre que estava com ela.

Nós nos casamos na igreja de minha família, mas no escritório do pastor, com meus pais e minha irmã como testemunhas. Para minha surpresa, Dorothy me disse que não se importaria se eu quisesse alguma coisa mais elaborada, mas é claro que eu não queria. Quanto mais simples, melhor, eu achava. Simples e sincera. E não tivemos lua de mel, por causa do trabalho de Dorothy. Simplesmente voltamos à vida normal.

Nós nos casamos no começo de julho. Tínhamos nos conhecido há quatro meses.

* * *

Certa vez, meu primo Roger, às vésperas de seu terceiro casamento, disse-me que achava que o casamento era viciante. Então, se corrigiu:

— Quero dizer, o começo do casamento — ele falou. — O comecinho. É como um começo totalmente novo. São pessoas totalmente novas; ainda não cometeram nenhum erro. Têm um lugar novo para morar, pratos novos e esse novo tipo de... hum... identidade, esta coisa do "nós", convidados para fazer tudo juntos agora. E às vezes sua esposa até ganha um nome novo em folha também.

Dorothy manteve seu nome de solteira e estávamos morando temporariamente em meu antigo apartamento, mas, em todos os outros aspectos, o que ele tinha dito era verdade. Tudo que fazíamos juntos, em nossa nova vida, era um evento inédito, como se tivéssemos renascido. Nos finais de semana, principalmente, quando não trabalhávamos, eu me sentia quase brilhante, quase verde demais, quando nos aventurávamos pelo dia que vinha pela frente. Tomávamos café da manhã juntos, íamos ao supermercado juntos, discutíamos se podíamos comprar uma casa juntos. Será que aquele era realmente eu? O Aaron nerd, o Aaron manco, agindo como um marido normal?

E, se eu mesmo me surpreendia, fiquei ainda mais surpreso com Dorothy. Que ela aceitasse sair para comprar algo tão prosaico como um aspirador de pó, por exemplo — e se dignou a considerar os diferentes modelos —, veio como uma revelação. Como o fato de ela fazer questão de usar a frase "meu marido" ao falar com estranhos. "Meu marido acha que nosso aspirador de pó deveria ter um filtro hipoalérgico." Por aquela eu não estava esperando.

E ainda ela tinha se transformado em uma pessoa carinhosa. Quem poderia imaginar? Ela gostava de se aninhar em meu corpo a noite inteira, apesar de aparentar ser do tipo mais prático depois do sexo. Ela ficava perto de mim, no meio da multidão, e muitas vezes pegava minha mão de repente, enquanto eu conversava com alguém. Eu sentia aqueles dedos rechonchudos e ásperos se entrelaçando aos meus como quem não quer nada e tinha que me controlar para não dar um sorriso.

Não estou dizendo que não encontramos obstáculos no caminho. Todo casal tem que fazer seus ajustes, não é verdade? Principalmente quando já estão acostumados a morarem sozinhos. Ah, e experimentamos nossa quota de desentendimentos, sinais cruzados e equívocos em ritmos diferentes. Em várias ocasiões, também desapontamos um ao outro.

Por exemplo, eu não havia compreendido completamente que Dorothy não tinha nenhum interesse em comida. Zero. Além de quase nunca cozinhar, o que não me incomodava nem um pouco, ela não ligava para a comida que *eu* preparava, o que me incomodava e muito. "O que você achou do peixe?", eu perguntava, e ela dizia: "Ahn? Ah, estava bom", sem levantar os olhos da carta que estava lendo.

Ela não tinha respeito o suficiente por objetos físicos. Não ligava para os lugares onde as coisas deveriam ficar, nem com sua limpeza e conservação. Ela não — como posso dizer? — ela não dava o valor adequado para as coisas.

Se ela tivesse *me* valorizado mais, por exemplo, não teria tido mais cuidado com sua aparência? É verdade que, no começo, havia me encantado por sua falta de vaidade, mas de vez em quando me ocorria que ela estava parecendo quase, bem, sem graça, e que essa falta de graça parecia intencional. Com o passar dos meses, me vi notando cada vez mais suas roupas desajeitadas, seu andar agressivamente pesado, sua tendência a deixar o cabelo sujo por tempo demais.

E Dorothy, por outro lado, parecia me achar injustificadamente irritadiço. Ela dizia: "Você provavelmente vai arrancar minha cabeça com os dentes, mas...", e então terminava a frase com algo inócuo, como se oferecer para dirigir quando estávamos viajando. E eu retrucava: "Mas por que você acha que eu reagiria assim, Dorothy? Por que eu arrancaria sua cabeça?". Mas, sem querer, usava um tom "vou--arrancar-sua-cabeça", porque me irritava quando ela tomava o maior cuidado do mundo comigo, daquela maneira. Então, na verdade, eu acabava provando que ela tinha razão. Eu podia ver isso em sua expressão, apesar de ela deliberadamente não dizer nada. Eu a observava enquanto ela nada dizia e ficava ainda mais irritado.

Lembrar disso agora está me matando.

Eu sentia que ela esperava algo de mim que não conseguia pedir abertamente. Seu rosto ficava triste sem qualquer motivo aparente e eu perguntava: "O que é isso? O que foi?". E ela dizia que não era nada. Eu podia sentir que a havia decepcionado, mas não tinha a menor ideia de como aquilo tinha acontecido. Certa vez, havia um congresso em Los Angeles, mas ela disse que estava pensando em não ir. Não gostava de me deixar sozinho por tanto tempo, ela disse (isso foi bem no começo de nosso casamento). Respondi:

— Não perca o congresso por *minha* causa.

E ela sugeriu:

— Talvez você pudesse vir comigo. Que tal? Eles sempre têm ônibus com guias e coisas assim para os acompanhantes durante o dia.

— Ótimo — respondi. — Posso levar meu crochê.

— Ah, mas por que falar assim? Eu só queria dizer...

— Dorothy — eu disse —, eu estava brincando. Não se *preocupe* comigo. Não é como se eu dependesse de você para cuidar de mim, afinal.

Falei aquilo como que afirmando um fato. Não era uma acusação; quem poderia interpretar aquilo como uma acusação? Mas foi o que Dorothy pensou. Eu podia ver em seu rosto. Ela não disse mais nada e ficou mais fechada.

Eu *tentei* esclarecer tudo. E acrescentei:

— Mas obrigado pela sua preocupação.

Não adiantou muita coisa. Ela continuou quieta a noite toda e, no dia seguinte, foi para o congresso. Senti falta dela como se fosse quase um órgão de meu corpo, e acho que ela também sentiu minha falta, porque me ligava de Los Angeles várias vezes por dia e dizia: "O que você está fazendo agora?" e "queria mesmo que você estivesse aqui". Eu realmente desejava estar lá também e não podia acreditar que tinha perdido a chance de estar com ela. Fiz mil promessas para mim mesmo, para que eu me tornasse uma pessoa mais fácil de lidar, no futuro, e não ficasse ressentido por bobagens, mas, então, quando ela voltou para casa, a primeira coisa que fez foi ficar brava comigo por causa de um espinho preso em meu dedo indicador. Estou falando sério. Quando ela estava viajando, eu havia podado o arbusto de uva-espim que estava se espalhando por cima do parapeito da varanda, atrás do apartamento, e você sabe como os espinhos de uva-espim são microscópicos e difíceis de arrancar. Achei que o espinho acabaria saindo sozinho, mas isso ainda não tinha acontecido, e meu dedo já tinha começado a inchar e ficado vermelho. Ela perguntou:

— O que *é* isso? Está infeccionado!

— É, acho que pode estar mesmo — respondi.

— Qual é o seu *problema*?

— Não tenho problema nenhum — respondi. — Estou com um espinho no dedo, tá? Mais cedo ou mais tarde, vou ver a pontinha preta saindo e arranco-o daqui. Alguma objeção?

— Arrancá-lo com o quê? — ela perguntou.

— Com uma pinça, claro.

— Arrancar isso aí com qual mão, Aaron? Está no seu dedo indicador esquerdo. Como é que você vai pegar uma pinça com sua mão direita?

— Eu consigo — falei para ela.

— Não consegue. Você deveria ter pedido ajuda para alguém. Mas, em vez disso, você... você só ficou sentado aí, por uma semana, esperando até eu chegar em casa e então ter que dizer: "Puxa, sinto muito, como é que pude deixar você sozinho para lidar com isso?". E todo mundo diria, a sua família e o pessoal da editora: "Olha só, ela não estava lá nem para arrancar o espinho do dedo dele, agora ele está com uma infecção séria e pode até precisar de uma amputação, dá para acreditar?".

— Amputação! — exclamei. — Você está *louca*?

Mas ela simplesmente pegou a caixa de fósforos que estava sobre o fogão e foi procurar uma agulha. Quando voltou, inclinou-se sobre meu dedo — seus lábios virados para baixo em desaprovação, minha mão apertada com força pela mão dela — e picou a pele uma vez. O espinho saiu voando como uma flecha.

— Pronto! — disse, decidida, e limpou a ferida com um antisséptico.

Então, inclinou a cabeça e apertou a bochecha contra as costas de minha mão. Sua pele estava macia como pétalas.

Bom, sobrevivemos a esses pequenos acidentes de percurso. Deixávamos tudo para trás e seguíamos com nossas vidas. É verdade que não tínhamos mais aquele mesmo brilho de antes, mas ninguém consegue viver daquele jeito para sempre, não é? O importante era que nos amávamos. Tudo que eu precisava fazer para me lembrar disso era relembrar o momento em que nos conhecemos. Minha pessoa solitária, desapegada e confiante seguindo a recepcionista pelo corredor do Centro de Radiologia. A recepcionista para e bate à porta entreaberta. Então, ela abre a porta por inteiro, eu entro na sala e Dorothy levanta os olhos do livro. Nossa história começa.

* * *

Eu me levantei do sofá de Nandina e olhei ao redor, em busca de minha bengala, que finalmente encontrei apoiada em um canto. Saí pela porta da frente, tranquei a porta e fui para a calçada.

À esquerda, na Alameda Clifton, à esquerda, novamente, na Summit e, descendo, para a Wyndhurst. Então, em direção ao sul, para a Woodlawn, por um bom tempo até chegar à Rua Rumor: minha rua, com apenas três quarteirões e decorada por fileiras de pereiras. Já era crepúsculo, mas eu ainda podia ouvir os pássaros cantando. Um passarinho chamava: "Bem-te-vi! Bem-te-vi!" e insetos passavam zumbindo, contribuindo para aquele ruído de pano de fundo que você nunca escuta a não ser que pare para pensar nisso.

Eu sentia uma pequena dor se desenvolvendo no lado esquerdo de minha lombar, mas aquilo sempre acontecia quando eu andava qualquer distância, porque eu sabia que, depois de uma curva bem suave à frente, veria minha casa pela primeira vez. A curva estava marcada por uma única árvore, de um tipo diferente das outras; eu não sabia seu nome. A árvore tinha flores cor-de-rosa enormes e caídas, e elas eram tão abundantes este ano que respirei fundo ao me aproximar, esperando sentir um perfume forte. No entanto, não consegui detectar perfume algum. Em vez disso, senti cheiro de... Bem, era mais ou menos como álcool isopropílico, um cheiro menos pronunciado, delicado, de álcool flutuando na brisa, misturado a sabonete Ivory. O perfume exato de minha mulher.

Então, fiz a curva e a avistei, de pé, na calçada.

Ela estava a uns três metros de mim, de frente para nossa casa e olhando para ela, mas, ao ouvir meus passos, virou-se para mim. Estava usando suas calças pretas e largas e uma camisa cinza. As duas cores eram do tipo que se mistura à luz esmaecendo no final do dia. No entanto, ela mesma parecia absolutamente sólida — tão sólida quanto você ou eu, e ainda mais real, por alguma estranha razão —, sólida, atarracada e compacta. Tinha me esquecido daquela mecha de cabelo preto que teimava em ficar de pé no topo de sua cabeça. Tinha me esquecido de como ela ficava se equilibrando para trás, como um pato, sobre os saltos dos sapatos.

Ela olhava para mim atentamente enquanto eu me aproximava, com o queixo um pouco erguido e os olhos fixos nos meus. Cheguei à frente dela. Respirei fundo. Pensei que jamais sentiria na vida uma combinação mais maravilhosa que álcool isopropílico e sabonete comum.

— Dorothy — eu disse.

Não tenho certeza se falei em voz alta. Tenho a sensação de que poderia apenas ter dito em pensamento, nas profundezas de meu ser.

Continuei:

— Dorothy, minha querida! Minha, só minha, Dorothy.

— Oi, Aaron — ela respondeu.

Ela olhou para meu rosto por um momento, então se virou e saiu andando. Mas não senti que ela estivesse me abandonando. Eu sabia, de alguma forma, que ela ficaria o máximo que podia, naquele momento, e que voltaria assim que pudesse. Então, fiquei ali parado e a vi ir embora sem fazer qualquer tentativa de segui-la. Eu a vi chegar ao final do quarteirão, virar à direita na Hawthorn e desaparecer.

Então, me virei e comecei a caminhada de volta para a casa de Nandina. Eu mal tinha olhado para nossa casa. Por que me importaria com a casa? Andei em uma espécie de transe, mantendo minha marcha o mais constante possível, como se Dorothy fosse um líquido e eu estivesse cheio dela até a borda, movendo-me cuidadosa e vagarosamente para não derramá-la.

6

Eu esperei e esperei.

Fiquei em suspenso por dias a fio, esperando que ela voltasse. Como ela havia aparecido em nossa rua, pensei que era mais provável que reaparecesse ali. Na verdade, estava me torturando por não ter ido lá antes. Será que ela tinha ficado esperando na Rua Rumor esses meses todos, imaginando onde é que eu estava? Mal podia aceitar que tivesse perdido todo esse tempo!

Acontece que, durante o dia, nossa casa era uma estação central. Os pedreiros passavam para lá e para cá, furadeiras zumbiam e martelos martelavam. Fiquei perdido naquela confusão: ninguém sabia quem eu era. Quando dei uma olhada através da tela para meu piso "caramelo" novo em folha, um cara com uma bandana na cabeça me perguntou se eu estava ali para resolver alguma coisa. Mas, quando me identifiquei, fui imediatamente cercado. Eu gostaria de fazer um *tour* pela casa? Ver o solário? Gil não estava por ali naquele horário, mas aqueles homens, com certeza, sabiam de minha história. Falavam comigo em um tom de respeito, digno de convidados de um velório. Eles faziam com que me sentisse mais velho, apesar de termos todos mais ou menos a mesma idade.

Não queria fazer um *tour* pela casa, mas achei melhor não dizer não (pensava no comentário de Nandina, sobre como é importante, para esses profissionais, ter seu trabalho reconhecido). E, uma vez começada a vistoria da casa, não foi tão ruim quanto eu esperava. O cara da bandana abriu caminho e os outros, uns cinco ou seis, largaram o que estavam fazendo para nos seguir. No início, eles estavam conspicuamente quietos, ouvindo as explicações do cara da bandana. "Muito bom", eu disse, baixo, e "hummm, entendo." Então, aos poucos, começaram a entrar na conversa, falando um por cima dos outros, contando-me como determinado tipo de moldura tinha sido difícil de encontrar e como tiveram que arrancar o beiral três vezes antes de deixar tudo direito.

— Vocês estão fazendo um ótimo trabalho! — eu disse, e eles começaram aquela ladainha de "ah, imagine!" e enfiaram as mãos nos bolsos de trás e olharam para baixo.

Eu me senti envergonhado de ter demorado tanto para fazer isso. Agora, minha recusa em fazer uma visita parecia petulante, como uma criança que chuta a bicicleta depois que toma um tombo. O que tinha acontecido não era culpa *da casa*. Além disso, esses homens tinham mudado tanta coisa ali que nem parecia mais o mesmo lugar. Até mesmo meu quarto, que eles ainda nem tinham tocado, parecia mais uma montanha de móveis coberta por uma lona branca.

Fiquei com mais vergonha ainda quando Gil chegou. Ele parecia tão surpreso ao me ver, e tão satisfeito! Estava até ruborizado. Ele fez questão de me levar pela casa toda e me mostrar tudo que eu tinha acabado de ver.

Em geral, foi realmente uma boa visita, mas o que aprendi da experiência foi que não fazia sentido ir até a casa durante o horário de trabalho, se quisesse ver Dorothy.

Portanto, comecei a ir até a casa à noite ou no domingo pela manhã, bem cedo, quando os vizinhos ainda não tinham saído de casa. Às 6h30 ou 7h. Eu estacionava o carro e ficava ali por um tempo, olhando fixamente pelo espelho retrovisor para o lugar exato onde tinha visto Dorothy. Relembrava cada detalhe de nosso encontro, da maneira que recordamos um sonho para o qual tentamos voltar. Sua camisa cinza quadrada, as calças pretas, a inclinação do queixo quando ela me viu me aproximando, a firmeza de seu olhar. Meus olhos se esforçavam tanto para conjurá-la que estavam praticamente *tricotando* a imagem dela. Mesmo assim, ela não aparecia.

Então, eu saía do carro e andava até a casa, mas bem lentamente, no caso de ela me interceptar de repente. Eu parava depois de alguns passos e olhava ao redor de uma maneira elaboradamente interessada, então, para cima, para os cacos de céu azul por entre as árvores, para baixo, para a calçada marcada por antigas manchas de folhas, como uma estampa de tecido. Mas ela não aparecia; então, eu destrancava a porta da frente, me preparava e enfim entrava.

Os detritos da vida diária dos pedreiros — suas canecas, panos amontoados e tampas de latas cheias de bitucas de cigarro — faziam a casa parecer habitada, apesar de estar vazia. Eu precisava ficar imóvel por um minuto, reconquistar a sensação de solidão e, então, ir até a parte de trás da casa, e do corredor para a cozinha.

Nada de Dorothy. Cheiro de madeira recém-cortada, fumaça de cigarro, gesso úmido, mas nada de sabonete nem de álcool isopropílico. Na cozinha, ficava esperando por tanto tempo que o silêncio começava a ecoar para mim como o silêncio dentro de uma concha, mas nunca dizia: "Oi, Aaron".

Será que ela tinha falado essas palavras em voz alta? Ou apenas em minha mente, assim como falei para ela em pensamento? Teria a cena acontecido apenas em minha cabeça? Será que eu estava tão perturbado pela dor que a havia criado do nada?

Saí da casa. Andei de volta para a rua (mais uma vez, bem devagar). Entrei no carro e fui embora.

* * *

A próxima vez que ela apareceu foi na Feira Orgânica.

De todos os lugares, bem na Feira Orgânica! Aquela em Waverly. Eu tinha ido lá, na manhã de sábado, comprar salada para Nandina. Quando desviei o olhar do alface-manteiga, avistei Dorothy na banca ao lado, examinando as beterrabas.

Costumava ficar educadamente cheia de tédio em feiras assim. Ela me acompanhava, mas apenas tolerava a situação, de mau humor, tentando engolir seus bocejos enquanto eu escolhia nossos legumes para a semana.

E mais: beterrabas? Beterrabas dão tanto trabalho! E exigem certo conhecimento culinário. Além disso, ela não gostava muito de beterraba. Só concordava em comer por causa do betacaroteno.

Mas lá estava ela, levantando um maço de beterrabas preso por um elástico e estudando-o com curiosidade, virando o maço várias vezes como se estivesse tentando *aprender* mais, antes de colocá-lo de volta e pegar outro.

Fui me encaminhando em sua direção com cuidado, como se ela fosse um animal assustadiço da floresta. Meus pés não faziam barulho algum. Quando a alcancei, não falei nada. Eu me virei para as beterrabas e escolhi um maço. Estávamos lado a lado, tão perto que até uma respirada poderia fazer nossas mangas sussurrarem juntas. Pude sentir o calor de sua pele através do algodão. E isso aqueceu minha alma; não consigo descrever o conforto que senti. Queria ficar ali para sempre. Não podia pedir mais nada da vida.

A mulher da banca perguntou:

— Pois não?

Balancei a cabeça quase que imperceptivelmente.

— Você pode usar as folhas também — ela explicou. — Veja só como elas estão verdes e frescas. Só precisa fervê-las em água com sal, por uns cinco minutos, e então jogar uma colher de manteiga para derreter...

Maldita mulher. Maldita mulher barulhenta, tagarela, cacarejante! Senti um frescor em meu lado direito e sabia, mesmo sem olhar, que Dorothy tinha desaparecido.

* * *

Então ela veio à Rua Spindle.

A rua onde fica o escritório.

Eu tinha almoçado com Peggy e Irene em um pequeno café na esquina. Depois, Irene saiu para comprar sapatos, mas Peggy e eu estávamos voltando para a editora, andando calmamente, porque fazia um dia especialmente bom. Fazia sol, mas não estava quente demais, com um pouco de brisa. E Peggy escolheu aquele momento, como era de se esperar, para tentar ter uma conversa séria, para que eu abrisse meu coração. Ela deve ter pensando que era melhor aproveitar a oportunidade, já que não havia mais ninguém por perto. Ela disse:

— Então — e, em seguida —, Aaron, como anda a sua vida?

Eu disse:

— Minha vida.

— Você diria que já passou pela pior fase do luto? Ou ainda continua ruim como sempre?

— Ah — respondi. — Bem...

— Espero que você não se importe com a pergunta.

— Não — respondi.

E era verdade, notei. Naquele momento, em particular, eu realmente queria contar para todo mundo como estava me sentindo (*compartilhar* com todos, eu quase disse — uma palavra que jamais usaria).

— De certa maneira — disse a Peggy —, é como se a dor tivesse sido coberta por um tipo de cobertor. Ainda está ali, mas as pontas mais afiadas estão... acolchoadas, ou algo assim. Então, às vezes, eu levanto uma ponta do cobertor, só para checar e — uau! É como se fosse uma faca! Não sei se isso vai mudar um dia.

Ela perguntou:

— Há algo que algum de nós poderia fazer para tornar isso mais fácil? Será que deveríamos falar mais sobre isso? Ou talvez menos?

— Ah, não, vocês todos têm sido...

Então, percebi uma pessoa andando pela guia, a meu lado. Ela estava a alguns metros de distância, mas acompanhava nosso ritmo. Percebi sua circularidade, seu cabelo preto, seu silêncio, sua atenção intensa. Mas não me atrevi a olhar para ela. Parei na rua. Peggy parou também. E a outra pessoa também.

Falei para Peggy:

— Pode seguir.

— O quê?

— Vai!

— Ah! — ela disse, e uma mão voou para o laço de cetim na gola da blusa. — Sim, claro! — ela disse. — Eu sinto muito! Eu... Desculpe-me!

E se virou e saiu andando rápido.

Eu teria me sentido mal por causa disso, a não ser pelo fato de que não me importava naquele momento. Esperei até ela subir correndo os degraus em frente a nosso edifício e desaparecer lá dentro. Então, me virei para Dorothy.

Ela estava ali, observando-me sobriamente, avaliando tudo. Ela parecia tão real quanto a placa de "Proibido estacionar" a seu lado. Hoje ela estava usando o suéter preto, aquele que tinha usado na primeira vez em que nos beijamos, mas ele estava amassado pela alça de sua bolsa estilo carteiro, como se ela tivesse acabado de sair do trabalho.

Ela disse:

— Eu teria feito mais perguntas.

— Como assim?

— A gente poderia ter conversado mais, mas você sempre me afastava.

— Eu afastava você?

Alguém passou tão perto de mim que seu sapato encostou na ponta de minha bengala. Quando me virei para olhar para o cara, em uma fração de segundo, ela tinha desaparecido.

Chamei:

— Dorothy!

Os pedestres desviavam de mim como água de um monte de pedras, mandando-me olhares curiosos. Dorothy não estava em lugar nenhum.

* * *

Semanas se passaram, e tudo que conseguia pensar era em como trazê-la de volta.

Havia algum tipo de tema ali? Algum fator unificador que havia desengatilhado suas visitas? Na primeira vez, eu estava refletindo sobre nossa vida juntos; mas, na segunda vez, estava apenas examinando o alface-manteiga, pelo amor de Deus! E, na terceira, estava tendo uma conversa profunda com Peggy. Até onde conseguia ver, cada circunstância tinha sido completamente diferente.

— Nandina — perguntei certa noite —, você já... O papai e a mamãe já... sei lá, apareceram para você depois que morreram?

— O papai e a mamãe?

— Ou qualquer pessoa! A vó Barb, ou a tia Esther... Você sempre foi próxima da tia Esther, que eu me lembre.

Nandina parou de fatiar os pêssegos (ela estava fazendo um de seus sucos para Gil). Ela olhou para mim e vi que seus olhos estavam brilhando de pena.

— Ah, Aaron! — ela disse.

— O quê?

— Ô, querido, eu queria poder dizer alguma coisa.

— O quê? Não, tudo bem, estou bem — respondi. — Só estava pensando se...

— Eu sei que você sente que nunca vai se recuperar disso, mas, um dia, você vai esquecer, acredite em mim... Ah, eu não quero dizer esquecer — você nunca vai esquecer —, mas um dia vai acordar e ver que ainda tem a vida toda pela frente.

— Eu já vejo isso — comentei. — Só estou perguntando se...

— Você só tem 36 anos! Vários homens nem começaram suas vidas ainda aos 36. Você é bonito e inteligente. Uma moça bem legal vai aparecer e conquistá-lo um dia. Você provavelmente nem consegue imaginar isso hoje, mas pode escrever o que estou falando. E quero dizer aqui e agora, Aaron, que eu a receberia de coração. Eu receberia com alegria qualquer moça que você trouxesse para casa, juro.

— Você quer dizer como da última vez? — perguntei.

— Você vai olhar para trás e dizer: "Hoje não posso acreditar que achava que minha vida tinha chegado ao fim".

Eu poderia ter dito a ela que me preocupava mais com o fato de minha vida se estender mais e mais. Mas não queria que ela ficasse cheia de compaixão de novo.

Num final de tarde, quando passava por nossa casa, ainda sem nenhum sinal de Dorothy, fui até o quintal, onde o velho carvalho costumava ficar. A árvore propriamente dita já tinha sido levada, até mesmo o toco havia sido retirado, e o buraco, preenchido com serragem. Gil tinha arranjado tudo. Eu me lembro de ter pagado a conta, um valor considerável.

Fiquei pensando: "Venha ver isso, Dorothy. Venha ver o que mudou nosso mundo". Mas a pessoa que veio foi a velha Mimi King, do outro lado da alameda. Eu a vi abrindo caminho entre os arbustos. Pelo menos dessa vez ela não trazia uma travessa de macarrão ao forno, apesar de estar usando um avental. Seu cabelo grisalho estava enrolado em bobes cor-de-rosa, que sacudiam enquanto ela andava.

— Veja só! Aaron! — ela disse. — Que bom vê-lo em casa! Olhei pela janela da cozinha e lá estava você.

— Oi, Mimi — respondi.

Ela chegou até mim, sem ar, e olhou para baixo, para onde a árvore costumava ficar.

— É uma visão tão triste! — suspirou.

— Bem, acho que teve uma vida longa.

— Maldita coisa velha — ela comentou.

— Mimi — perguntei —, quanto tempo faz que seu marido morreu?

— Ah, já faz 33 anos agora. Trinta e quatro, na verdade. Dá para imaginar? Sou viúva há mais tempo do que fui esposa.

— E, por acaso, você já... sentiu a presença dele depois que ele morreu?

— Não — ela respondeu, mas não pareceu surpresa com a pergunta. — Mas eu bem que queria. E com certeza esperava sentir. Às vezes, até falava em voz alta com ele, nos primeiros anos, implorando para que aparecesse. Você faz isso com a dra. Rosales?

— Sim — respondi.

Respirei fundo. E disse:

— E, às vezes, eu quase acho que ela aparece *mesmo*.

Lancei para Mimi um olhar de relance, de lado. Não podia calcular sua reação.

— Eu sei que deve parecer loucura — expliquei. — Mas talvez ela odeie me ver tão triste, acho que é por isso. Ela vê que não suporto tê-la perdido e aparece por um momento.

— Bem, mas isso é absurdo — Mimi respondeu.

— Ah.

— Você acha que *eu* não fiquei triste quando Dennis morreu?

— Não quis dizer que...

— Você acha que eu suportava tê-lo perdido? Mas tive que seguir, não é? Tive que seguir em frente como sempre, com três crianças pequenas que precisavam de mim para tudo. Ninguém *me* ofereceu nenhuma consideração especial.

— Ah, nem para mim! — respondi.

Mas ela já estava indo embora. E abanou um braço como quem diz: "deixa para lá", pelas costas, enquanto voltava para a alameda.

* * *

Perguntei no trabalho. Estávamos sentados ao redor de um bolo de aniversário — de Charles — e copos de papel e champanhe, e Nandina havia acabado de entrar em sua sala para atender ao telefone. Eu me sentia, acho, um pouco mais corajoso por causa do champanhe. Falei:

— Deixe-me perguntar uma coisa para vocês todos. Alguém já sentiu que uma pessoa amada estava olhando por ele?

Peggy desviou o olhar das velas que estava tirando do bolo e suas sobrancelhas assumiram um formato de tenda, por causa da preocupação. Já esperava por isso, mas sabia que valeria a pena aguentar um pouco de "ah, pobre Aaron!", porque ela era o tipo de pessoa que achava *mesmo* que pessoas amadas estavam olhando por ela. No entanto, ela não disse nada. Irene perguntou:

— Você quer dizer uma pessoa amada e que morreu?

— Isso.

— Isso vai parecer estranho — confessou Charles —, mas nenhuma pessoa a quem amei já morreu.

— Sorte sua! — Peggy respondeu.

— Todos os meus avós faleceram muito antes de eu nascer e meus pais têm a saúde de um cavalo, graças a Deus!

"Aham": era tudo que conseguia pensar. As pessoas que ainda não haviam sofrido uma perda, para mim, não pareciam totalmente adultas.

Irene contou:

— Meu pai morreu em um acidente de carro quando eu tinha 10 anos. Eu lembro que me preocupava com o fato de que ele, talvez, fosse capaz de ver tudo e ele veria que eu gostava de levar as coisas das lojas sem pagar.

— Ah, Irene — Charles perguntou —, você fazia isso?

— Eu roubava batons da farmácia do Read.

Fiquei interessado no fato de Irene achar que os mortos podiam ver tudo. Mais de uma vez, desde que o carvalho caíra, eu havia sido visitado pela ideia irracional de que, talvez, Dorothy soubesse tudo sobre mim agora — incluindo algumas fantasias de meu passado que tinham a ver com Irene.

— O mais engraçado é que — Irene continuou —, naquela época, eu nem *usava* batom. De qualquer forma, poderia perfeitamente pagar por eles. Eu tinha uma mesada. Não sei o que me deu.

— Mas ele descobriu? — perguntei.

— O quê?

— Seu pai descobriu que você levava os batons sem pagar?

— Não, Aaron. Como ele poderia fazer isso?

— Ah! Não, é claro que não — respondi.

— Desculpe! — Nandina cantarolou e saiu de sua sala. — Era o sr. Hasting Burns. Lembram-se do sr. Hasting Burns? Do *Guia de Referência Legal para Iniciantes*?

— *Picuinhas para Iniciantes* — Irene disse.

— *Pé no Saco para Iniciantes* — Charles completou.

Fiquei feliz ao ver que o assunto havia mudado antes que Nandina se desse conta do que estávamos falando.

* * *

Então, eu estava a caminho do correio na Rua Deepdene e Dorothy estava andando a meu lado. Ela não surgiu de repente ou alguma coisa assim. Ela não se "materializou". De alguma maneira, ela simplesmente estava lá comigo, como em um sonho em que você se vê acompanhado por uma pessoa que não chegou, mas simplesmente está lá — nenhuma explicação é dada, nem é necessária.

Eu evitava olhar para ela, porque tinha medo de assustá-la e mandá-la embora. Mas diminuí o passo. Se alguém estivesse olhando, pensaria que eu estava andando em uma corda bamba, de tanto cuidado que tomei.

Parei em frente ao correio. Não queria entrar, pois lá haveria outras pessoas. Eu me virei para olhar para ela. Ah, ela parecia tão... do jeito que Dorothy é! Tão normal, desajeitada e simples, olhando diretamente em meus olhos, com um leve brilho de suor sobre o lábio superior, os braços curtos, cruzados sobre a barriga, para segurar a bolsa estilo carteiro próxima ao corpo.

Eu disse:

— Dorothy, eu não afastei você de mim. Como pode dizer isso? Com certeza, essa não era minha intenção. É isso que você acha que eu estava fazendo?

Ela começou:

— Ah, bem... — E olhou para o outro lado.

— Responda para mim, Dorothy, fale comigo! Vamos conversar sobre isso, que tal?

"Ela respirou fundo para falar", pensei, mas então sua atenção foi desviada para algo em seus pés: seu sapato. O sapato esquerdo estava desamarrado. Ela se agachou e começou a amarrá-lo, arqueada no chão como um pequeno monte, para que eu não pudesse ver seu rosto. Perdi a paciência.

— Você disse que *eu* estou me afastando de *você*? — perguntei. — É você que está fazendo isso, mas que inferno!

Ela se ergueu, virou-se e saiu se arrastando penosamente, abraçando a bolsa de novo. As solas dos sapatos ortopédicos estavam gastas nas extremidades e a barra da calça estava esfarrapada, pois vivia sendo arrastada. Ela subiu a Rua Deepdene até a Avenida Roland, virou à direita e a perdi de vista.

Você pode ficar pensando por que é que não fui atrás dela. Não saí correndo atrás dela porque estava bravo com ela. Seu comportamento tinha sido totalmente injustificado. Tão irritante!

Fiquei ali ainda por um bom tempo depois que ela havia desaparecido. Não tinha mais cabeça para ir ao correio.

Uma vez, tivemos um autor que havia escrito um livro sobre conselhos para jovens casais que iam se casar. *Antes que Cases, Olha o que Fazes* era seu título . Ele acabou não assinando o contrato conosco — decidiu que era caro demais e acabou escolhendo uma editora *on-line* —, mas eu nunca me esqueci daquele título: *Antes que Cases, Olha o que Fazes*. Eu bem sei. Isso abrangia tudo o que havia de errado com a instituição do casamento.

* * *

— Tenho uma pergunta — disse a Nate. Estávamos sentados à nossa mesa de sempre, esperando Luke acabar de lidar com um ataque de nervos do chef das saladas. — Você já recebeu a visita de alguém que morreu?

— Não uma visita em pessoa — Nate respondeu, pegando a cesta de pães.

— Você recebeu outro tipo de visita?

— Não, mas meu tio Daniel, na verdade, meu tio-avô... uma vez eu vi uma foto dele no jornal.

Parecia que Nate não tinha entendido muito bem a pergunta, mas não o interrompi. Ele partiu um biscoito salgado e disse:

— Era uma foto desses agentes de governo da América do Sul. Argentina? Brasil? Eles tinham sido presos por corrupção. E lá estava ele, em uma fila com outros caras. Mas de uniforme completo, dessa vez, e o peito cheio de medalhas.

— Hum...

— Foi estranho, porque, com certeza, eu o tinha visto no caixão alguns anos antes.

— Que coisa! — respondi.

— E não havia como confundi-lo com outra pessoa. O mesmo nariz torto, os mesmos olhos entreabertos. "Então é *isso* que você anda aprontando", eu disse.

Nate colocou as mãos sobre a mesa e olhou ao redor do salão.

— Será que tem manteiga aqui?

Resolvi não levar o assunto adiante.

* * *

Gil foi a única pessoa cuja resposta fez sentido para mim.

E eu nem perguntei! Eu teria de ser louco para perguntar para meu empreiteiro se ele já havia se comunicado com os mortos, certo?

Eu estava olhando as novas estantes de livros no solário e disse:

— É uma pena Dorothy não estar aqui para ver essas prateleiras.

— Eu sinto muito, também — Gil respondeu. Ele estava agachado ajustando o horário no rádio-relógio no chão. Os pedreiros tinham a mania de ligá-lo em qualquer tomada onde estivessem trabalhando e deixar os números brilhando, "9999", o dia inteiro, o que parecia irritar Gil.

— Ela sempre quis mais espaço para as revistas de medicina — comentei.

Ele se levantou, com um resmungo.

— Inferno! Estou ficando velho. Eu já te contei como meu pai gostava de voltar dos mortos para ver meu trabalho?

— Ahn, não.

— Ele faleceu quando eu estava no ensino médio, mas, depois que comecei a trabalhar com construção, às vezes eu o via por perto. Aqui e ali, sabe? Supervisionando o projeto, vendo o que eu estava fazendo. Ele pegava uma viga de canto e a chacoalhava, para ver se estava firme mesmo. Agachava-se para pegar um prego do chão. Algumas vezes, cheguei à construção cedo pela manhã e encontrei um monte de pregos enfileirados em um peitoril. Meu Deus, como ele odiava desperdício!

Tentei interpretar a expressão de Gil — será que ele estava brincando? Mas ele estava de pé agora, um pouco inclinado para trás, os olhos apertados para observar o batente da janela.

— Acho que ele fez esse tipo de coisa durantes uns meses — continuou, pouco depois. — Ele nunca *disse* nada. Nem eu. Eu só ficava ali, olhando para ele, imaginando o que ele estava procurando. Sabe, nós nunca fomos muito próximos. Não, senhor, nem um pouco. Não desde que eu era um molequinho. Ele não aprovava meu jeito rebelde de viver. Então, fiquei pensando o que ele queria. Bem, de qualquer jeito, ele foi embora, não sei dizer exatamente quando. Só parou de aparecer, e então eu percebi. Sabe o que eu acho agora?

— O quê? — perguntei.

Gil se virou e olhou para mim. Sua expressão estava perfeitamente séria.

— Acho que era um negócio inacabado — ele disse. — Ele se sentia mal por ter desistido de mim enquanto eu vivia revoltado e voltou só para garantir que eu estava bem.

— Então... você acha que ele conseguiu aquilo que queria? — perguntei. — Ele ficou satisfeito, no final?

— Ele ficou satisfeito. Bem... Claro, eu acho que sim.

Então anotou alguma coisa no bloco de *post-its* que carregava no bolso da camisa, arrancou a primeira folhinha e a grudou no batente da janela.

* * *

Eu estava sentado em um banco no shopping, enquanto Nandina estava na Apple Store. Odeio shoppings. Não teria ido com ela se não estivéssemos em uma missão de trabalho. Mas a Apple Store estava lotada e comecei a ficar irritado, então ela me mandou sair. Estava sentado ali, inquieto, mal-humorado e irritado, mas aos poucos me acalmei. E percebi que Dorothy estava sentada a meu lado.

Eu não falei. Não olhei para ela. Ela não falou, também. Parecia que tínhamos concordado em começar do zero: simplesmente *estarmos* juntos, para começar. Sente-se. Não fale; não estrague tudo. Simplesmente sentem-se lado a lado e vejam o mundo passar.

Imagine duas estátuas em uma pirâmide egípcia: homem sentado, mulher sentada, olhando para a frente, receptivos.

Vimos três velhinhas, em vestidos floridos e tênis brancos, esponjosos e enormes, fazendo sua caminhada. Vimos um casal de adolescentes passeando tão enroscado e entrelaçado que nos fazia imaginar como é que eles não caíam de cara no chão. Observamos uma mãe dando bronca em um menino de uns 9 ou 10 anos de idade.

— Só quero que você saiba — ela dizia — que vou ter de me desculpar com sua esposa todos os dias de seu casamento por ter criado uma pessoa tão egoísta e imprudente.

Ficamos sentados ali por um bom tempo juntos, absolutamente imóveis.

Mas ela não foi embora, exatamente. Depois de um tempo, eu estava sentado sozinho de novo.

* * *

Agora que tinha aprendido a vê-la, ela começou a aparecer com mais frequência. Ela não chegava propriamente; eu percebia, aos poucos, sua presença. Ela era o calor atrás de mim na fila do supermercado; a silhueta à minha direita enquanto eu cruzava o estacionamento.

Imagine que esteja abrindo caminho no meio de uma multidão com um amigo e como, mesmo sem olhar, você sabe, de alguma forma, que seu amigo está mantendo o passo com você. Era assim com Dorothy. Essa é a melhor maneira que consigo descrever.

Deixe-me dizer, de uma vez por todas, que não estava louco. Ou, em outras palavras: eu tinha perfeita consciência de que ver uma pessoa morta era *loucura*. Sinceramente, não acreditava que os mortos voltassem para a Terra (de onde?) e eu nunca, mesmo quando criança, achei que fantasmas existissem.

Mas ponha-se em meu lugar: pense em uma pessoa que você perdeu e de quem vai sentir saudade até o fim de seus dias e então imagine encontrar essa pessoa em público. Você vê seu pai, que morreu há muito tempo, passeando à frente com as mãos nos bolsos. Ou ouve sua mãe chamá-lo: "Querido?". Ou seu irmãozinho, que caiu em um buraco, em um rio congelado, quando tinha 6 anos, por exemplo, passar por você com seu cheiro de pastilhas de menta para garganta e luvas úmidas. Você não questionaria sua sanidade, porque não suportaria pensar que não é real. E com certeza não exigiria explicações, nem alertaria as pessoas ao redor ou estenderia a mão para tentar tocá-la, nem que sentisse que um toque valeria desistir de qualquer coisa. Você seguraria a respiração. Ficaria o mais imóvel possível. Pediria à pessoa amada que não fosse embora de novo.

Descobri que ela se sentia mais confortável ao ar livre que dentro de casa (ao contrário de quando estava viva) e ficava longe de Nandina:

nunca aparecia em meu escritório. Em ambos os casos, era compreensível, acho. Ela e Nandina sempre tiveram um relacionamento extremado e acredito que se sentiria uma intrusa em meu local de trabalho. Não que alguém teria sido hostil, mas você sabe como são as relações sociais no escritório, a fofoca aconchegante de mesa em mesa, as piadas que nunca desaparecem e o vocabulário especializado.

No entanto, era mais difícil de entender por que ela nunca visitava nossa própria casa — pelo menos, o lado de dentro. Você não acha que ela ficaria curiosa? O mais próximo que havia chegado tinha sido a calçada. Mas, então, em uma manhã de domingo, eu a vi no quintal, ao lado de onde o carvalho ficava. Foi uma das poucas ocasiões em que ela já estava no lugar antes de eu chegar. Olhei pela janela da cozinha e a vi de pé ali, olhando para a serragem, com as mãos enfiadas nos bolsos de seu jaleco de médica. Cheguei até ela em tempo recorde, apesar de ter deixado minha bengala em algum lugar da casa. E disse — meio sem ar:

— Você vê que eles retiraram qualquer sinal da árvore. Até moeram o toco.

— Aham — ela respondeu.

— Eles perguntaram se eu queria colocar outra planta no lugar, um pé de bordo ou algo assim. Os pés de bordo crescem rápido, segundo eles, mas eu recusei. A gente nunca teve sol o suficiente aqui — eu disse. — Talvez agora...

Parei. Não queria falar sobre aquilo. Durante todos os meses em que ela não estava por perto, eu tinha guardado tantas coisas para falar com ela, tantas notícias sobre a casa, a vizinhança, os amigos, o trabalho e a família, mas, agora, elas me pareciam irrelevantes. Insignificantes. Se você se distanciar de um evento o bastante, ele se nivela e se mistura à paisagem de sempre.

Limpei a garganta. E disse:

— Dorothy!

Silêncio.

— Não consigo pensar que você esteja morta, Dorothy.

Ela desviou os olhos da serragem.

— Morta? — ela perguntou. — Ah, mas não estou... Bem, talvez você *chamasse* isso de morte. Não é estranho?

Esperei.

Ela voltou a estudar a serragem.

— Você está feliz? — perguntei. — Tem saudade de mim? Sente falta de estar viva? É difícil para você? Pelo que você está *passando*, Dorothy?

Ela olhou para mim de novo. E disse:

— É tarde demais para dizer pelo que estou passando.

— O quê? Tarde demais?

— Você deveria ter me perguntado antes.

— Perguntando antes do *quê*? — quis saber. — Do que você está falando?

Então, Mimi King chamou:

— Iuhuuu! — ela apareceu de repente pelos fundos da casa, acenando. Estava vestindo suas roupas de ir à igreja e até estava usando chapéu. Acenei de volta, meio sem vontade, esperando que fosse suficiente, mas não, lá veio ela, andando em nossa direção meio cambaleando, o que queria dizer que estava de salto alto. Eu disse:

— Mas que inferno! — e me virei para Dorothy. É claro que ela não estava mais lá.

Eu sabia que era por causa de Mimi. Mesmo quando ainda estava viva, Dorothy sempre tentava escapar de uma visita de Mimi. Porém, de alguma forma, não encarei seu desaparecimento como uma forma de me repreender, pessoalmente. "Você deveria ter me perguntando antes", ela me disse. "É tarde demais", ela me disse. E foi embora.

Era tudo culpa minha, não podia deixar de sentir isso. Mimi estava tropeçando nos arbustos agora, mas me virei, com um peso no peito, e fui mancando até minha casa.

7

Em setembro, tivemos uma reunião no trabalho para planejar o Natal. A maioria de nós achou difícil conjurar qualquer tipo de espírito de final de ano, estava fazendo uns 26 graus e as folhas ainda não tinham começado a cair. Mas nos reunimos na sala de Nandina: Irene e Peggy no sofá, Charles e eu em duas cadeiras de rodinhas, empurradas de alguma outra sala. Como era de se esperar, Peggy havia trazido comes e bebes — biscoitos caseiros e chá de hortelã gelado —, pelos quais Nandina a agradeceu, apesar de não ver necessidade daquilo ("Às vezes, me sinto na escola de novo" — ela me disse uma vez — "e Peggy é a mãe da classe"). Aceitei um biscoito por educação, mas deixei-o sobre um guardanapo na mesa de Nandina.

Irene estava usando sua lendária saia-lápis hoje. Era tão justa que, ao se sentar, ela precisava puxá-la para cima dos joelhos, revelando as pernas longas e esbeltas, que ela cruzava duas vezes, prendendo a ponta de um sapato atrás do tornozelo da outra perna. Peggy usava os babados de sempre, incluindo um suéter de manga curta e rendada, pois sempre dizia que o ar condicionado da Editora Woolcott era gelado demais. E Nandina presidia a sessão de trás de sua mesa, em seu vestido de cintura alta, que fazia com que parecesse que acabava de ter descido de uma carruagem, com as palmas das mãos precisamente juntas à sua frente.

— Para começar — ela disse —, preciso saber se alguém teve alguma ideia brilhante para nosso marketing de final de ano.

Ela olhou para o grupo. Silêncio. Então, Charles engoliu uma porção de biscoitos e levantou a mão.

— Isso vai parecer um pouco grandioso demais — ele disse —, mas acho que encontrei uma maneira de vender nossa coleção *Para Iniciantes* inteira, em um pacote só.

Nandina parecia surpresa.

— Vocês já ouviram falar daqueles "pais helicópteros"? — ele perguntou, para o restante de nós. — Esses tipos modernos que ligam para os filhos que já estão na faculdade toda hora para ter certeza de que seus queridinhos estão sobrevivendo sem eles? Nada que Janie e eu planejemos fazer, acredite em mim, se conseguirmos fazer com que as meninas saiam de casa. Mas, de qualquer forma, esta é exatamente a ideia de presente que seria atraente para um "pai helicóptero": colocaríamos toda a coleção em uma série de caixas que imitam madeira com tampas corrediças. Abra as caixas e você vai encontrar instruções para qualquer tipo de eventualidade. Não apenas os títulos dos "montar-uma-casa-para iniciantes" ou "como-cuidar-de-uma-família", mas *Vida para Iniciantes*, do começo ao fim, do berço à sepultura. E a melhor parte é que as caixas que imitam madeira podem ser usadas como estantes modulares para livros. Essa molecada só precisa empilhar as caixas em seus apartamentos, com o topo virado para a frente, puxar as tampas e pronto. Se chegou a hora de mudar de casa, é só tampar tudo de novo e jogar no caminhão de mudanças. Ainda não está na hora do livro sobre amamentação ou do livro sobre divórcio? Eles podem deixá-los em uma caixa no porão até chegar o momento.

— E o que mais? *Aposentadoria para Iniciantes* também? — Irene perguntou. — *Planejamento de Velórios para Iniciantes*?

— Ou colocá-los em um depósito. Ouvi dizer que essa molecada hoje em dia também tem depósitos.

Nandina disse:

— Não estou conseguindo acreditar que esses "pais helicópteros" vão chegar a *esse* ponto, Charles.

— Eu também — completou Irene. — Por que não damos para os pais o *Síndrome do Ninho Vazio para Iniciantes* e contornamos a questão toda?

— A gente já publicou esse? — Peggy perguntou.

— Não, Peggy, eu estava brincando.

— É uma ideia — Charles disse. — Mas só depois que vendermos todos os outros livros, é claro. Anote aí, Peggy.

— Ah! E, já que estamos falando de novos títulos — Peggy disse, toda animada —, tenho um: *A Esposa na Menopausa para Iniciantes*.

Nandina perguntou:

— Como é?

— O homem que veio consertar meu fogão na semana passada. Ele estava me contando como sua mulher está deixando-o louco por causa da menopausa.

— Sinceramente, Peggy — Nandina comentou —, onde você acha *essas* pessoas?

— Não fui eu! Foi o proprietário da casa que o recomendou.

— Mas você deve ter feito alguma coisa para trazer o assunto à tona. Parece que as pessoas sempre contam a vida inteira para você.

— Ah, mas não me importo.

— Bem, eu, pelo menos — comentou Irene —, tento manter as coisas em um nível puramente profissional. "Aqui é a cozinha", digo, "o fogão fica aqui. É só me chamar quando acabar o conserto".

Dei risada, mas os outros fizeram que sim com a cabeça educadamente.

— Eu juro — Peggy disse a todos —, não foi culpa minha. A campainha tocou; eu atendi. O homem entrou e disse: "mulher". E então: "menopausa".

— Estamos fugindo do assunto aqui — Nandina continuou. — Alguém tem uma sugestão relacionada ao Natal?

Charles meio que ergueu a mão de novo.

— Bom... — ele disse. Então olhou para o restante de nós. — Não que queira me gabar, mas...

— Diga! — Nandina disse a ele. — Pelo jeito, você é o único inspirado aqui hoje.

Charles esticou a mão para debaixo da cadeira para pegar um livro. A capa era de um couro marrom sofisticado, toda trabalhada em dourado, com letras góticas que diziam: *Minha Vida Maravilhosa, por.*

— Por...? — Nandina perguntou.

— Por quem quer escrever — Charles respondeu.

— *Quiser* — Irene o corrigiu.

— Ah, me desculpe! Que falta de tato a minha. Então, esse livro seria um presente para a pessoa excêntrica da família. Seus filhos entrariam em contato conosco para publicar suas memórias — o que já paga pela impressão — e receberiam este boneco com capa de couro já com nome da pessoa. Na manhã de Natal, explicariam que tudo o que a pessoa tem que fazer é escrever suas lembranças lá dentro. Depois disso, vai direto para as rotativas. Fácil.

Ele segurava o livro acima da cabeça e folheava as páginas sedutoramente.

— E o que vai impedir esse maluco de apenas escrever no livro e deixar por isso mesmo? — perguntei.

— Melhor para nós — Charles explicou. — Seremos pagos por uma impressão da qual não precisaremos cuidar. É estritamente não reembolsável, entende?

Eu me segurei para não fazer um de meus comentários do tipo *Trambiques para Iniciantes*, mas Peggy exclamou:

— Ah, mas coitados dos filhos!

— Quem paga aceita o desafio — Charles lhe disse.

— Talvez a gente pudesse apenas oferecer o boneco, sem envolver a impressão — ela sugeriu.

— Então, como é que seria diferente daqueles livros do tipo *Lembranças da Vovó*, das lojas de cartões?

— Poderia ser mais luxuoso?

Charles suspirou.

— Para começar — ele falou —, as pessoas gostam de ver suas palavras impressas. Metade desta empresa depende disso. E mais: estamos tentando inventar o produto mais caro possível.

— Mas e se a vida do cara *não* foi maravilhosa? — Irene quis saber.

— Nesse caso, ele não vai ver a hora de esclarecer isso. Mal pode esperar para começar! Vai começar a escrever debaixo da árvore de Natal e se esforçar ao máximo, anotando as mágoas e ignorando todos os parentes.

— Bom, obrigada, Charles! — Nandina disse. — Com certeza, isso nos dá algo para pensar. Essa ideia da estante de livros modular parece um pouco... ambiciosa, mas, com certeza, deveríamos considerar o projeto do livro de memórias. Mais alguém?

O restante de nós estava estudando a decoração, como alunos que rezam para não serem chamados pelo professor.

* * *

Um dos efeitos inesperados das visitas de Dorothy era que, cada vez mais, eu via o mundo através dos olhos dela. Participei daquela reunião como se fosse um estrangeiro, estranhando que aquelas pessoas pudessem levar assuntos como aquele tão a sério. Pense bem: uma coleção de manuais de instruções, cujo objetivo principal era ser superficial. Uma miscelânea de memórias de guerra e de filosofias de para-choque de caminhão, que nenhuma outra editora nem se dignaria a folhear. Era essa a razão de minha existência?

Eu costumava brincar com a ideia de que, ao morrermos, finalmente ficamos sabendo para que a vida serviu. Nunca imaginei que poderia descobrir isso quando outra pessoa morresse.

Já era hora do almoço quando a reunião terminou, mas, em vez de ir ao café da esquina com os outros, eu me retirei para minha sala. Tinha trabalho a fazer, eu disse a eles. Quando estava finalmente sozinho, girei minha cadeira para a janela e fiquei olhando fixamente para a paisagem esquálida de tijolos. Era um alívio não precisar mais fingir que estava animado e largar aquela expressão de interesse.

Fiquei pensando na vez em que Dorothy estava na Rua Rumor olhando nossa casa. E quando andou a meu lado, depois do almoço. Pensei que, provavelmente, nenhum de nós havia realmente falado em voz alta durante nossos encontros. Nossas conversas tinham acontecido silenciosamente em minha mente — minhas palavras fluindo sem problemas, pelo menos dessa vez, sem parar ou gaguejar. É claro que era assim que me lembrava de todas as minhas conversas. Eu poderia perguntar a alguém: "Vo-vo-você po-pode passar endereço?", mas, em minha cabeça, era um firme: "Você poderia me passar seu endereço, por favor?". Mesmo assim, nunca me enganei. Sabia como as palavras soavam. Eu parecia uma ligação de celular sem sinal decente.

No entanto, com as visitas de Dorothy tinha sido diferente. Eu havia deslizado pelas frases sem o mínimo esforço, porque havia falado apenas em meus pensamentos. E ela os havia entendido. Tudo tinha sido tão fácil!

Mas agora eu queria as dores e as delícias de uma vida normal. Queria que minhas consoantes interrompessem minhas vogais ao falar, meus pés tocando os dela durante um abraço, meu nariz cutucando o dela durante um beijo. Eu queria a realidade, mesmo que fosse imperfeita e repleta de falhas.

Fechei os olhos e desejei, de todo o coração, que ela aparecesse só para colocar uma mão em meu ombro. Mas ela não veio.

* * *

Ouvi os outros voltarem do almoço — fragmentos de conversas e risadas. Uma cadeira foi arrastada. Um telefone tocou. Vários minutos depois, alguém bateu à minha porta.

Girei a cadeira para olhar para a frente.

— Quem é? — perguntei (na verdade, eu disse: "Quem?").

A porta se abriu alguns centímetros e Peggy enfiou a cabeça por ela.

— Você está ocupado? — perguntou.

— Bom...

Ela entrou e fechou a porta cuidadosamente (oh, não, mais uma conversa profunda!). Ela estava com a palma de uma mão estendida, trazendo um biscoito sobre um guardanapo.

— Você deixou isso na mesa da Nandina — ela disse e colocou o guardanapo sobre uma pasta. — Achei que você fosse querer, já que não saiu para almoçar.

Ela trazia a lata de biscoitos debaixo do braço, toda pintada de hortênsias cor-de-rosa e lilás. A ponta de um guardanapo de papel decorado aparecia por baixo da tampa. Ela colocou a lata sobre a pasta também, mas nem a mencionou, como se estivesse tentando fazer isso sem que eu percebesse.

— Era dia de sanduíche de rosbife no Gobble-Up — ela contou. — Todos nós pedimos sanduíches de rosbife grelhado.

— Que ótimo! Vou ser o único que vai conseguir trabalhar hoje à tarde.

— Sim, já estou com dor de estômago.

Esperei que ela saísse, mas, em vez disso, ela puxou a cadeira em frente à minha mesa. Mas só se empoleirou na pontinha do assento, o que considerei um bom sinal. Porém, ela tirou o suéter, o que definitivamente era um mau sinal. Ela se virou para pendurá-lo nas costas da cadeira, alisando a renda nas mangas curtas para que se abrissem como malvas. Então, olhou de novo para mim. Repousou as mãos sobre o colo.

— Acho que eles não gostaram muito da minha ideia — ela disse.

— Qual ideia?

— A ideia da esposa na menopausa. Você nem lembrava mais?

— Ah, sim — respondi.

Tentei arrastar minha mente de volta para a esposa na menopausa.

— Bem — eu disse, após uma pausa —, talvez seja porque estamos focados no Natal...

— Não, é sempre assim. A Nandina sempre me diz: "Você é uma integrante crucial dessa equipe, Peggy; não sei o que faríamos sem você, Peggy", mas quando proponho alguma coisa, sempre me derrubam. Eles não gastaram nem um segundo para pensar naquilo que disse hoje pela manhã, a não ser para rir da minha cara por ter conversado com o cara do fogão. Eles não discutiram a ideia, não votaram nela. Então, Nandina vem dizer que Charles é o único com inspiração aqui. Você notou como ela disse aquilo? Mas era uma *boa* ideia! Eles deveriam ter prestado mais atenção!

— Bom, será que... — eu comecei. Estava tentando relembrar em que consistia exatamente a ideia dela. — Será que eles não acharam que seria um livro... especializado demais?

— Especializado! Metade da população do mundo passa pela menopausa. Não é o que se pode chamar de uma doença rara ou exótica.

— Sim, tudo bem, mas... Talvez o enfoque pareça um pouco estranho. Consigo ver *Menopausa para Iniciantes*, mas *A Esposa na Menopausa para Iniciantes*? Parece indicado para o leitor errado.

— *Não* é indicado para o leitor errado — Peggy respondeu. Ela estava sentada em postura extremamente reta agora, e suas mãos fechadas estavam com as pontas dos dedos brancas. — É indicado exatamente para a pessoa que deveria receber essa informação: o marido! Ele não tem a menor noção! Ele diz: "O que está acontecendo com essa mulher? Eu não entendo!". E nós deveríamos explicar o que ele está presenciando. Diríamos o que ela precisa dele, como ela está se sentindo inútil e velha agora e como ele deveria cuidar ainda melhor dela.

Sim, Peggy iria mesmo insistir nisso. Eu disse:

— Peggy, eu sei o que você está dizendo, mas algumas pessoas simplesmente odeiam que os outros se preocupem com elas, sabe? Você já considerou isso? Se a esposa dele está se sentindo inútil, talvez se sinta mais inútil ainda se o marido começar a tratá-la como um bebê. Talvez ela até mesmo vá se ressentir disso.

— Falar isso é a sua cara! — Peggy disse.

— O quê?

— Só você mesmo poderia achar que alguém poderia deixar uma pessoa *ressentida* ao lhe fazer uma gentileza.

— Mas só quis dizer que...

— Pessoas normais dizem: "Ah, obrigado, querido! Isso me faz me sentir muito melhor. Eu me sinto mais amada e valorizada".

— Pode ser...

— Ah, mas não *você*. Você é tão sensível, tão irritadiço! Nós todos aqui andamos pisando em ovos porque poderíamos dizer alguma coisa errada.

Eu respondi:

— Como é que esse assunto chegou a *mim*, de repente?

— Não é justo, Aaron. Você espera demais de nós. Não temos bola de cristal! Estamos todos fazendo o melhor que podemos aqui; não sabemos tudo, só estamos tentando viver a vida do melhor jeito, como todo mundo!

Então ela pulou da cadeira e saiu da sala, batendo a porta atrás dela.

Meu Deus!

Fiquei de queixo caído, totalmente perdido. Eu raramente era envolvido em uma conversa tão irracional. O ponto A não levava ao ponto B, mas ao ponto H. Ou para os pontos X, Y, Z, sei lá!

Preciso de um livro chamado *Secretárias Dementes para Iniciantes*.

Teriam os outros ouvido a discussão? Eles não poderiam ter ignorado aquela batida de porta épica, pelo menos. Tentei ouvir alguma voz, mas não escutei nada. Na verdade, estava tudo quieto demais.

Peguei o biscoito de minha pasta e o estudei. Fiquei meio inquieto. Nunca tinha visto Peggy perder a paciência antes.

Era um *cookie* de aveia com gotas de chocolate. Não era um disco plano, como do tipo que a gente compra no supermercado; era como uma pequena montanha, irregular com os flocos de aveia e repleto de gotas enormes de chocolate; eram pedaços, não gotas. Dei uma mordida experimental. O chocolate ficou fresco sobre minha língua antes de se derreter. A massa havia sido assada pelo tempo perfeito — alguns poderiam dizer que não estava assada o bastante, mas não eu —, e era macia por dentro e crocante por fora, com alguns pedacinhos pontudos de alguma coisa que provocava um contraste de texturas. Talvez castanha? Não, não castanha. Alguma coisa mais dura que castanha, mais arriscada que castanha. Eu não sabia mesmo. Pelo jeito, havia comido o biscoito inteiro enquanto pensava sobre ele, então arranquei a tampa da lata e peguei outro. Eu precisava saber o que era aquilo. Dei uma dentada e mastiguei lentamente. Os flocos de aveia tinham sua própria e distinta identidade. Suspeitei que fossem do tipo de antigamente, e não aquele de cozimento rápido. Eu teria tomado um copo de leite gelado, mas não se pode ter tudo. Terminei aquele biscoito e peguei mais um. E outro. Eu me sentia meio bobo fazendo isso, mas, enquanto mastigava, fechei os olhos para saborear melhor as diferentes texturas e para sentir os oásis de chocolate derretendo na língua. Então eu engolia, abria os olhos e dava outra mordida.

A lata de biscoitos de Peggy ficou sobre minha mesa: era mais uma coisa a saborear, pois, de certo modo, alimentava minha visão. Ela tinha uma lata especial para cada ocasião: uma vermelha, brilhante, para o Natal, com um Papai Noel na tampa; uma verde-clara para a Páscoa, com um coelho usando uma boina; e essa de hortênsias, até o outono chegar, quando ela usava sua lata decorada com bolotas de árvores. Peguei mais um biscoito. Mastigando sem perder o ritmo, transferi meu olhar para o suéter que ela tinha deixado pendurado no encosto da cadeira. Não entendi muito bem como é que um suéter de mangas curtas poderia aquecer alguém, mas ela parecia adorar aquele, que era branco, com ombros volumosos e, depois, caía como uma capa. As pontas das mangas eram cheias de babados de renda (claro) e mais duas fileiras de renda se estendiam ao lado dos botões. Eu poderia apostar que até a calcinha de Peggy tinha babados. Passei um momento agradável pensando nisso: um sutiã todo acabado com rendas com ilhós, como o guardanapo de papel da lata de biscoitos, e bem esticado até formar uma ponte, em um leve declive entre os seios dela. Fui pegar mais um biscoito da lata, mas, pelo jeito, eu tinha acabado com eles. Só havia migalhas. Apertei a ponta do dedo sobre as migalhas e as lambi, até comer todas. Então, dei um suspiro longo e satisfeito, inclinei-me para trás na cadeira e girei na direção da janela de novo.

Essa era a janela traseira do prédio, no térreo, e cheia de poeira, dando para a parte de trás de um prédio de tijolinhos à vista, acabado e repleto de varandas de madeira descascando. Sob as varandas, havia uma fileira de latas de lixo e caixas de leite vazias, e, em frente a elas e tão imóvel que demorei para me dar conta, estava Dorothy.

Ela estava a uns 6 metros de mim, do outro lado da rua, e eu não sabia se ela tinha me visto. No entanto, olhava na direção da janela. Seus braços estavam vazios, pendurados ao longo do corpo, e ela não estava usando a bolsa estilo carteiro. Tinha um ar de quem não sabe o que fazer consigo. Ela parecia quase perdida. Parecia não saber para onde ir em seguida.

Eu me levantei rapidamente, mas, antes que conseguisse abrir a janela, ela se virou e foi embora.

8

Uma noite, acordei e ouvi sussurros vindos do quarto de Nandina. E uma manhã, alguns dias mais tarde, quando estava me barbeando no banheiro, me arrisquei a olhar pela janela e vi Gil Bryan saindo de casa e andando em direção à rua, entrando na caminhonete, dando a partida e indo embora.

Ah, eu estava atrapalhando os dois, com certeza! Tinha chegado a hora de voltar para casa.

Os pedreiros ainda estavam trabalhando, como Nandina e Gil fizeram questão de lembrar quando mencionei meus planos naquela noite. Mas, na verdade, eu poderia já ter voltado há semanas, se não me importasse com os pedreiros chegando cedo pela manhã. Quando contei para Nandina e Gil, os dois só disseram: "Ah. Bom...", e "se você tiver certeza, então...", e ambos pareceram aliviados. Comecei a arrumar minhas coisas logo depois do jantar. Eu me mudei na tarde seguinte, uma sexta-feira, depois de sair mais cedo do escritório.

A parte principal de minha casa estava vazia, brilhante e fazendo eco, tão intocada quanto uma casa de bonecas vazia. Mas como móveis aleatórios e caixas de papelão entupiam meu quarto inteiro, resolvi ficar no quarto de hóspedes. Eu estava feliz por ter uma desculpa para não voltar para minha cama. Acho que estava com medo daquilo trazer de volta lembranças demais — não dos dias de casado, mas das semanas depois que o carvalho caiu, quando fiquei deitado ali noite após noite, tentando imaginar como podia seguir com minha vida.

Não voltei para casa apenas por causa de Nandina e Gil. Vamos falar a verdade: a outra razão, a razão principal, era que esperava ver Dorothy lá. Nas duas semanas desde que ela tinha aparecido à janela do escritório, não houve sinal dela, nem um vislumbre sequer. Eu havia procurado por ela em vão nas calçadas, no meio da multidão e sempre que estranhos estivessem esperando por alguma coisa em uma fila. Eu virava a cabeça para trás em cruzamentos inesperadamente, na expectativa de que ela estivesse atrás de mim. Eu havia me sentado conspicuamente em bancos de praças públicas e me esforçado para sentir a manga da blusa dela encostando-se à minha. Nada. Ela estava me evitando.

Em casa, concentrei-me nos locais onde ela tinha aparecido antes: a rua e o quintal. No sábado, me levantei com o raiar do sol e, depois de um café da manhã improvisado — duas barras de granola de uma caixa de comida no quarto —, dei uma volta no quarteirão, apoiando minha bengala na calçada quase que silenciosamente para não acordar os vizinhos. Tudo que vi foi um gato preto, um tipo insultantemente paranoico que saiu correndo assim que me aproximei. A solidão me fazia sentir mais forte. Estava feliz por ter voltado para casa.

Quando o sol já brilhava lá fora, arrastei uma cadeira de ferro do jardim da frente para o quintal. Eu me sentei de costas para a casa. Meu Deus, a grama estava acabada! O verão tinha sido seco e a grama mais parecia palha. As azaleias estavam atrofiadas e mirradas e o círculo de serragem onde a árvore ficava tinha afundado um palmo ou mais.

Provavelmente eu estava delirando ao pensar que Dorothy apareceria aqui. O quintal estava tão pelado! Não havia esconderijo. Não havia sombra o bastante para se esquivar do brilho do sol.

Finalmente, me levantei e entrei em casa para pegar as chaves. Fui de carro para o supermercado, onde reuni uma quantidade considerável de provisões. Parecia que estava fazendo compras para uma família de dez pessoas (acho que estava me preparando para me *isolar* e esperar em minha caverna até que Dorothy resolvesse aparecer, por mais que demorasse). De volta a casa, escavei alguns utensílios de cozinha de dentro das caixas no quarto e preparei um bem balanceado almoço — proteína, amido, uma verdura —, então, saí e me sentei na cadeira de ferro de novo, por falta de algo melhor para fazer. Alguns minutos depois, me levantei para desenrolar a mangueira. A grama fazia um barulho áspero sob meus pés. Coloquei o borrifador de água perto das azaleias, liguei a torneira no máximo e me sentei de novo. E foi assim que descobri os prazeres de observar um gramado sendo regado.

Juro que podia sentir a gratidão da grama. Os passarinhos pareciam gratos, também. Um pequeno grupo deles apareceu do nada, como se a notícia tivesse se espalhado de alguma forma, e eles piaram, cantaram e flutuaram por entre as gotas. A cadeira era reta demais, forçando-me a sentar muito ereto, e seus arabescos e rococós machucavam minhas vértebras. Ainda assim, senti me invadir uma deliciosa sensação de paz. Virei o rosto e, com os olhos apertados por conta da luz do sol, acompanhei o arco formado pela água, que regava para lá e para cá, como uma moça girando a saia ao andar.

Eu praticamente afoguei aquele quintal.

Somente no começo da noite, quando os pernilongos atacaram, é que fechei a torneira. Então, entrei para fazer o jantar e depois tentei ler um pouco, na pequena e pouco prática poltrona no canto do quarto de hóspedes. Mas estava tão inexplicável e irresistivelmente sonolento que logo deixei o livro de lado e fui para a cama. Dormi sem mexer nem um dedo, eu acho, até quase 9 horas da manhã seguinte.

Passei a manhã de domingo arrastando várias caixas do quarto para a cozinha, colocando panelas e pratos no lugar e a comida nos armários, que cheiravam à tinta fresca. Gostei de estabelecer os lugares exatos para casa coisa. Antigamente, jamais poderia fazer isso — pelo menos, não com a esperança de que fossem permanecer ali, com Dorothy por perto.

Quando me peguei pensando assim, balancei a cabeça com força, como se pudesse derrubar o pensamento dali.

Depois de desempacotar o que podia, fui para o quintal de novo, como um torcedor fanático, desesperado para voltar a assistir ao jogo. A grama ainda estava branca e amarelada, mas não mais crocante. Levei o borrifador de água até as moitas ao lado da alameda, afundando na terra molhada a cada passo, liguei a torneira e voltei para minha cadeira.

A essa altura, eu já tinha aprendido que, quando a luz do sol atravessava a nuvem de respingos de certa maneira, eu conseguia ver outras coisas. Quer dizer, coisas que não estavam ali de verdade. Mas não Dorothy, infelizmente. Num instante, vi um tipo de coluna, uma coluna coríntia toda decorada, erguendo-se enquanto o topo se dividia e, depois, dissolvendo-se em partículas; em outro, uma mulher, em um vestido bege comprido, cheia de pressa. E então — o mais estranho — vi um balanço, e um homem de camiseta empurrando uma criança sentada naquelas cadeirinhas de balanço para bebês e crianças menores. Também vi minha cota de arco-íris, não é preciso dizer, e vários lençóis de tafetá se desenrolando e espalhando pelo gramado.

Mas nunca Dorothy.

Vi uma mulher com um guarda-chuva, mas — veja só! — ela era real. Era Mimi King passando por entre os arbustos e mudando o peso de um pé para outro, como uma menina se preparando para pular corda, até que finalmente se jogou no meio dos respingos de água e emergiu do outro lado, chacoalhando o guarda-chuva antes de fechá-lo.

— Olá, Aaron! — ela cumprimentou e veio afundando até mim, em seus saltos altos de domingo, espalhando, pelo caminho, buracos como os deixados por ganchos de barracas.

Quando ela chegou perto, levantei-me e a cumprimentei:

— Bom dia, Mimi!

— Desse jeito — ela disse —, você vai acabar ganhando uma floresta amazônica!

— Preciso fazer minha parte pelo planeta — respondi.

Ela colocou a ponta do guarda-chuva entre os pés e as mãos sobre o cabo.

— Você está morando aqui de novo? — perguntou.

— Achei que tinha chegado a hora.

— Todos nós pensávamos que você tinha ido embora para sempre.

— *Ah*, não! — falei, como se já não tivesse pensado nisso também.

— Bem, na semana passada, estava conversando com Mary-Clyde e perguntei: "Alguém não deveria contar para ele que o pessoal que ele contratou ainda está vindo para cortar uma grama que não existe mais?". Mas Mary-Clyde disse: "Ah, tenho certeza que ele deve saber! Os pedreiros estão aqui; com certeza eles devem ter contado para ele". "Bom, isso eu já não sei", respondi para ela, "acho que pedreiros não são muito *sensíveis* em relação a gramados".

— Você quer se sentar, Mimi? — perguntei. Eu me senti mal pelos sapatos dela, que agora estavam engessados por meio dedo de lama e folhas amareladas de grama.

Mas ela ainda estava seguindo sua linha de pensamento:

— Ah, mas isso veio bem a calhar — continuou —, porque estive pensando em convidá-lo para jantar uma noite dessas.

— Ah, bem, eu não estou... eu não estou...

— Queria que você conhecesse minha sobrinha. Ela está sofrendo muito depois que perdeu o marido, e acho que falar com você faria bem a ela.

— Mas não sou tão social assim — respondi.

— É claro que não! Você não percebe? Mas isso é diferente. Louise perdeu o marido na manhã da véspera de Natal, dá para imaginar? A coitadinha está acabada.

— Véspera de Natal? — perguntei. — Acho que ouvi falar dela.

— Ah, então você sabe! Ela tinha aceitado que era uma doença terminal, mas nunca pensou que ele pudesse falecer na véspera de Natal.

— Sim — eu disse —, acho que ela não vai poder nunca mais comemorar o Natal de novo sem se lembrar disso.

Eu estava tentando demonstrar compaixão, mas parecia que tinha feito um papel bom demais, já que Mimi me deu um olhar de surpresa e disse:

— Mas é isso mesmo! Está vendo? Você teria tantas coisas para dizer a ela!

— Não, não! — me apressei em responder. — Não, acredite em mim, não é como se eu pudesse oferecer qualquer... dica para o dia a dia, ou alguma coisa assim.

— Dicas para o dia a dia?

— Além disso, agora vou ficar ocupado arrumando tudo. Meu Deus, esse lugar está uma bagunça! Todas as minhas coisas estão enfiadas em um quarto: móveis, livros, bugigangas, abajures, cortinas, tapetes...

Finalmente eu a afastei dali com as palavras. Ela me acenou meio sem forças e se virou para voltar para a alameda, levantando o guarda-chuva de novo ao se aproximar do borrifador, apesar de eu ter educadamente fechado a torneira no instante em que ela resolveu ir embora. De qualquer maneira, eu tinha que admitir que o gramado estava bem regado agora.

* * *

Como me lembrei da bagunça no quarto, fui lidar com ele depois do almoço. Ainda não fazia sentido colocar todas as coisas no lugar, já que atrapalhariam os pedreiros, mas achei que já podia pelo menos jogar algumas coisas fora. Os livros de medicina de Dorothy, por exemplo, e talvez algumas quinquilharias decorativas que tendiam a se acumular por nenhum motivo útil.

Acontece que muitos dos livros haviam se molhado — não só os de Dorothy, os meus também. Eles haviam secado mais ou menos, desde então, mas as capas estavam tortas e eles cheiravam a mofo. Eu abri caixa por caixa de papelão, revirei-as desanimadamente e, então, levei uma por uma para o hall de entrada, para que os funcionários de Gil as levassem para a rua. Eu havia me apropriado dos álbuns de fotos de minha mãe depois que ela morreu e agora me sentia culpado pelo estado em que se encontravam. Eu os levei para a cozinha e os espalhei pela mesa e pelos balcões, onde folheei as páginas pretas desbotadas, na esperança de que tomassem um pouco de ar.

Com as quinquilharias, fui mais insensível. Por que eu me importaria com meus sapatinhos de bebê cor de bronze (um pequenino par de Nikes, que espirituoso!), ou com o pequeno relógio de porcelana que estava sempre atrasado, ou com o vaso em forma de tulipa que alguém nos deu quando nos casamos?

Jantei de pé, já que a mesa estava coberta pelos álbuns. Passeei pela cozinha estudando fotografias em sépia enquanto comia meu taco. Homens com colarinhos altos, mulheres em mangas bufantes, crianças com rostos solenes, cujas roupas eram tão rijas quanto uma placa sanduíche de "compra-se ouro". Ninguém estava identificado. Acho que o dono do álbum acreditava que eles não *precisavam* ser identificados: todo mundo se conhecia naquela época, naquele mundo menor. Mas a sépia mudou para preto e branco e, então, para as extravagantes cores da Kodak e nenhuma daquelas fotos tinha legenda — nem as fotos de meus pais se casando, ou de Nandina em seu vestido de batismo, ou de nós dois na festa de aniversário de alguma criança. Nem a única foto de meu próprio casamento: Dorothy e eu, lado a lado, na escadaria da igreja de meus pais, parecendo desconfortáveis e inseguros. Estávamos, os dois, muito mal-vestidos: eu, em um terno marrom curto demais nos punhos; Dorothy, em uma malha azul berrante, esticada demais sobre a pequena montanha de sua barriga. Daqui a 50 anos, estranhos vão descobrir esse álbum em algum mercado de pulgas em um estacionamento, olhar para nós e virar a página, sem interesse o bastante para imaginar quem teríamos sido.

Os funcionários de Gil e eu mal nos encontrávamos, pois tínhamos horários diferentes. Eles chegavam todo dia de semana pela manhã, quando estava acabando de tomar café. Traziam copos de papel com café, fumegantes ao frio das primeiras horas do dia, e limpavam as solas dos sapatos com força no tapete do hall de entrada, para me avisar que estavam lá. Após uma conversa rápida sobre o tempo, eu saía para trabalhar e, quando voltava, eles já tinham ido embora, não deixando nenhum sinal, a não ser seu pequeno ninho de pertences em uma trouxa no canto da sala de estar. No entanto, alguma coisa permanecia no ambiente — algo a mais que a fumaça de seus cigarros. Eu me sentia como se tivesse interrompido uma conversa sobre vidas mais ricas e completas que a minha e, quando passava pelos cômodos vazios, não estava apenas tomando minha casa de volta; na verdade, tinha um pouco de esperança de que talvez uma parte daquela riqueza toda pudesse ter sido deixada para trás, para mim.

No entanto, na sexta-feira, dois homens ainda estavam lá quando cheguei. Um estava acabando de envernizar o piso do solário, enquanto o outro recolhia latas de tinta, pincéis e rolos em uma caixa de papelão vazia.

— A gente achava que já teria terminado a esta hora — o cara da caixa me disse —, mas o Gary aqui comprou a cor errada de verniz e tivemos que voltar.

— Não foi culpa minha, mano! — Gary protestou. — Foi Gil que anotou o número errado.

— Tá, falou — o outro homem respondeu. — De qualquer maneira, acabamos — ele me disse. — Espero que você goste do resultado.

— Quer dizer que vocês terminaram *tudo*? — perguntei.

— Aham.

— Não precisam fazer mais nada?

— Não, a não ser que você queira.

Eu olhei a meu redor. O lugar estava impecável — as paredes da sala de estar de um branco brilhante, as novas estantes no solário esperando ser ocupadas. Alguém havia varrido os últimos sinais de serragem e os copos de papel e cinzeiros de tampas de latas haviam desaparecido, o que me fez sentir estranhamente abandonado.

— Não — respondi. — Não consigo pensar em nada.

Gary se levantou e colocou o pincel sobre a tampa de sua lata.

— Mas o senhor não pode andar aqui, viu? — ele recomendou. — Por 24 horas. E depois, durante alguns dias, ande sempre de sapatos. O senhor não sabe quantas pessoas acham que estão fazendo um favor para o piso andando só de meia. Mas é a *pior* coisa.

— A pior coisa do mundo — o outro concordou.

— O calor de seu corpo... — Gary comentou.

— Meia velha de algodão...

— A sola do pé amassando a madeira...

Eles ainda estavam resmungando e fazendo que não com a cabeça quando Gil abriu a porta da frente. Eu sabia que era Gil porque ele sempre batia à porta antes de abri-la.

— Oi, gente! — ele disse, aparecendo sob o arco de passagem para a sala de estar. Estava usando sua roupa pós-trabalho: calça cáqui e camisa limpa. — Oi, Aaron!

— Oi, Gil!

— Como estão as coisas?

— Já estamos terminando, chefe — o homem da caixa disse.

Gil foi inspecionar o piso do solário.

— Está bonito — comentou. — Agora, espere 24 horas até pisar ali — ele me disse — e então, por alguns dias...

— Eu sei: não andar só de meia — completei.

— É a pior coisa do mundo — ele disse.

Ele se despediu dos dois no hall de entrada e, dando um tapinha no ombro de Gary, lembrou-os de que tinham de estar na casa da sra. McCoy segunda-feira, pela manhã (senti uma pontada de ciúme) e voltou para a sala de estar.

— Então — eu disse —, ouvi dizer que o trabalho acabou aqui.

Minha voz ecoou oca pela sala vazia.

— Ela está nova em folha — Gil me disse.

— Na verdade, melhor que nova — respondi. — Muito obrigado por todo o cuidado, Gil!

— Ah, imagine! Sempre que precisar. Deus queira que não.

— Deus queira que não — concordei.

— Na segunda-feira, vou mandar uns meninos aqui para colocarem os móveis no lugar. Você gostaria de estar aqui para isso?

— Não, tudo bem. Não tem muito segredo, numa casa pequena como esta.

Ele fez que sim com a cabeça. E olhou ao redor para estudar a sala de estar.

— E os limpadores de janelas... — ele disse. — Você vai precisar deles. Tenho uma lista, se você quiser.

— Tenho certeza de que Nandina conhece alguém.

— Ah — disse Gil, de repente.

Ele bateu a mão sobre o bolso direito da frente das calças. O gesto, um pouco teatral, chamou minha atenção.

— Falando nisso... — ele disse, fingindo casualidade. E tirou uma caixinha de veludo azul do bolso, com certeza uma caixa de anel.

— Ahá! — exclamei.

— É, bem...

Ele abriu a tampa e se aproximou para me mostrar (senti um cheiro forte de colônia pós-barba). O anel era de ouro amarelo, com um pequeno diamante brilhante.

— Mas que lindo, Gil! — eu disse. — Para quem é?

— Ahahahah.

— Ela sabe disso?

— Só em teoria. Já falamos sobre casamento. Meu Deus — ele disse —, acho que deveria ter pedido para você primeiro. Tipo: pedir a mão dela.

— Pode levar — eu falei e acenei com vontade.

— Obrigado! — ele respondeu, com um sorriso. E olhou para o anel. — Eu sei que a pedra não é muito grande, mas o joalheiro disse que é perfeita. Não tem a menor falha, ele disse. Tive que acreditar nele. Será que eu conseguiria reconhecer um defeito?

— Ela vai amar o anel — eu disse a ele.

— Espero que sim! — ele ainda estudava o anel.

— Como você sabia o tamanho de anel que ela usa?

— Enquanto ela estava tomando banho, peguei um lápis e tracei um círculo ao redor do anel de opala que ela usa.

Ele ficou vermelho e olhou para mim de relance, talvez preocupado por ter revelado mais do que deveria. Eu comentei:

— Ah, que ótimo! Não consigo pensar em um cunhado melhor.

— Obrigado, Aaron! — ele fechou a caixa e a colocou de volta no bolso. — Tem uma aliança que combina com ele, mas achei melhor garantir que Nandina goste deste anel, antes de comprar o outro. Já sei que ela quer que *eu* use aliança.

— Pois é, essa gente hoje em dia... — eu disse. Comecei a levantar minha mão esquerda para mostrar a ele minha aliança, que eu ainda usava, quando pensei: "Não sei". Poderia parecer falta de tato.

Nenhum casal que acabou de comprar alianças quer ser lembrado que, um dia, um deles terá de aceitar o anel do outro das mãos de uma enfermeira ou de um agente funerário.

* * *

Foi meio irritante precisar esperar até segunda-feira para que os móveis fossem colocados no lugar. Comecei a adiantar as coisas — arrastando o tapete da sala de estar até lá e desenrolando-o, pondo alguns dos objetos mais leves nos respectivos lugares. Na noite de sábado, quando o piso do solário estava seco, coloquei nas estantes os livros que restaram. Peguei os álbuns de fotos da cozinha e os alinhei em ordem, a começar pelos mais antigos. Mesmo o mais recente não era mais tão recente assim. A última foto daquele álbum — o arbusto borboleta de minha mãe, totalmente florido — veio imediatamente depois da foto de nosso casamento, já que datava do final do verão de 1996. Ou 1997, no máximo, porque meu pai morreu no começo de 1998, e era ele quem tirava as fotos da família.

Esse negócio de não legendar as fotos me lembrava aqueles cemitérios antigos onde os nomes já se apagaram das lápides e você não sabe quem foi enterrado ali. Você vê uma pequena lápide cinza, com um cordeiro meio derretido no topo, e sabe que ali deve estar o corpo do filho de alguém, mas não consegue ler seu nome ou as palavras que os pais escolheram para dizer como sentiam sua falta. Há tantos entalhes aleatórios na pedra e os próprios pais já estão mortos há tanto tempo, que tudo acaba sendo esquecido.

Até mesmo o arbusto borboleta de minha mãe me parecia pungente, com seus ramos de flores de um roxo elétrico e vibrante. Apesar de que, na verdade, o arbusto ainda existia: ficava bem no quintal de Nandina, e eu podia vê-lo toda vez que levava o lixo para fora.

Em nossa foto de casamento, é claro que Dorothy não estava usando a bolsa estilo carteiro, mas sua bolsa mais chique era igualmente volumosa e utilitária — um retângulo pesado de couro marrom, com uma alça que cruzava seu peito como uma cartucheira. Ela tinha dito:

— Você quer que eu use um vestido branco? Eu faria isso. Não me importaria. Poderia perguntar a minha recepcionista se ela me levaria a esse lugar que ela conhece. Pensei em um vestido, ah, não tomara-que-caia nem nada assim, mas talvez com um decote mais profundo, e branco, não brilhante, nem com renda, só um branco mais *lustroso*, sabe do que estou falando? E estava pensando em um buquê de flores brancas. Flores do campo e rosas brancas... a flor de laranjeira é branca? Sei que elas não são cor de laranja, apesar de o nome enganar. Não estou pensando em véu, essas coisas... Nem uma cauda longa. Mas um vestido elegante e clássico, para marcar a ocasião. O que acha?

— Ah, meu Deus, não! Pelo amor de Deus, não! — respondi.

— Ah!

— Nós não somos desse tipo de gente, graças aos céus — eu disse.

— Não, é claro que não — ela concordou.

Na fotografia, a malha azul não era muito apropriada, mas na vida real tinha ficado bonita, até onde me lembro (as fotos sempre deixam as pessoas mais bregas, já percebeu?). De qualquer forma, eu nunca havia prestado muita atenção a coisas como aquelas. Na época, estava simplesmente feliz por ter conquistado a mulher que queria. E acredito que ela estava feliz por ter me conquistado — o oposto diametral daquele "colega de apartamento" carente que exigia demais dela.

Então, por que nosso casamento era tão infeliz?

Porque era infeliz, *sim*. Posso dizer isso agora. Ou, ao menos, era difícil. Fora de sincronia. Sem coordenação. Parecia que nunca tínhamos aprendido a ser um casal como os outros. A gente deveria ter feito um curso ou alguma coisa assim; é isso que digo para mim mesmo hoje.

Certa vez, quando estávamos chegando perto de um aniversário de casamento — o nosso quinto, acho —, eu a convidei para jantar.

— Estava pensando no Old Bay — disse a ela. — O primeiro lugar aonde levei você.

— O Old Bay — ela repetiu. — Jura? Você se esqueceu que a gente não conseguia nem ler o cardápio lá?

— Ah, tudo bem — respondi, um pouco desapontado. Por razões sentimentais, pelo menos, você poderia achar que ela teria aceitado. — Então onde? — perguntei.

— Talvez no Jean-Christophe?

— Jean-Christophe? Francamente!

— O que há de errado com esse lugar?

— O Jean-Christophe é tão pretensioso! Eles trazem esses pratinhos minúsculos e cheios de fru-frus, e você tem que fazer um show, fingindo estar surpreso e agradecido.

— Então não faça um show — ela disse. — Só cruze os braços no peito e faça cara de bravo.

— Muito engraçado! — respondi. — Por que você foi pensar justo no Jean-Christophe? É mais uma das ideias de sua recepcionista? O Jean-Christophe nem existia quando estávamos namorando.

— Ah, eu não sabia que precisava ter um significado histórico!

— Dorothy — eu disse —, você prefere não sair para comemorar?

— Eu disse que queria, não disse? Mas então você sugere esse lugar velho e bolorento, onde seus pais iam comer. E quando questiono a ideia, você fica de mau humor e rejeita tudo que eu sugiro.

— Eu não rejeitei "tudo", só o Jean-Christophe. Acontece que não gosto de restaurantes onde os garçons precisam de mais atenção que minha acompanhante.

— Então, onde você *gostaria* de comer?

— Ah, deixe para lá! — eu disse. — Não me importo. Vamos ao Jean-Christophe mesmo.

— Bem, se você não se importa, então por que sair?

— Você está deliberadamente tentando não entender o que estou dizendo? — perguntei. — O que eu quero é que a gente tenha um bom jantar, preferivelmente sem que eu me sinta como se estivesse em algum tipo de peça. E estava pensando em um lugar que significasse alguma coisa para nós dois. Mas, se você quer ir ao Jean-Christophe, então tudo bem, vamos ao Jean-Christophe.

— O Jean-Christophe foi só uma sugestão. Há outras possibilidades.

— Como onde?

— Bem, e o Bo Brooks?

— Bo Brooks? Aquela barraca de caranguejo? No nosso aniversário de casamento?

— A gente foi ao Bo Brooks algumas vezes quando estávamos namorando. Com certeza, corresponderia ao critério da "significância".

— Sim, mas...

Parei e olhei para ela.

— Você não entende mesmo, não é? — perguntei.

— Não entendo o quê?

— Deixe para lá!

— Eu *nunca* vou entender seja lá o que for se você se recusar a discutir isso — ela disse, e agora estava falando em sua voz de médica, sua voz supercalma de "vamos ser razoáveis". — Por que você não começa pelo começo, Aaron, e me diz exatamente o que tinha imaginado para nosso jantar de aniversário de casamento?

— Que tal saber o que *você* imagina? — perguntei. — Você não pode se esforçar um pouco para ter suas próprias ideias?

— Eu já ofereci uma das minhas ideias. Duas ideias, na verdade, e você rejeitou ambas. Então, agora é com você, Aaron.

Por que estou contando esta história?

Esqueci.

E esqueci onde acabamos indo jantar, também. Um desses lugares, não me lembro. O que lembro é dessa sensação familiar de cansaço e desamparo, a sensação de que estávamos confinados em um gaiola de roedores, lutando obstinadamente, e sem vencedores, entre nós.

* * *

Eu estava lavando legumes para o jantar e, ao me virar na pia para pegar um pano de prato, vi Dorothy.

— Você está aqui — falei.

Ela estava de pé, a meu lado, tão perto que teve que dar um passo para trás para dar espaço para eu me virar. Estava usando uma de suas camisas brancas simples e as calças pretas de sempre, tinha uma expressão séria e pensativa — a cabeça inclinada para o lado e a sobrancelha erguida.

— Pensei que você nunca mais fosse voltar — eu disse.

Ela não parecia muito surpresa com isso e só fez que sim com a cabeça. Continuou me estudando, como se eu tivesse que me preocupar.

— Foram os biscoitos? — perguntei. — Você ficou brava porque comi os biscoitos de Peggy?

— Você deveria ter falado que gostava de biscoitos — ela disse, e não sei por que eu havia duvidado que ela falasse de verdade nessas visitas, porque sua voz era absolutamente real: baixa e meio monótona, em um tom constante.

Eu disse:

— O quê? Mas não gosto de biscoitos.

— Eu poderia ter feito biscoitos para você — ela disse.

— Mas do que está falando? Por que eu iria querer que você fizesse biscoitos para mim? Por que é que estamos perdendo tempo discutindo sobre *biscoitos*, pelo amor de Deus?

— Foi você que começou — ela disse.

Será que eu já tinha vivido essa cena antes? Fiquei morrendo de cansaço de repente.

Ela continuou:

— Eu costumava achar que era culpa de sua mãe. Ela era tão dramática! Não é à toa que você afastava as pessoas daquele jeito. Mas então, pensei: "Hum, culpa". Quem sabe por que deixamos uma pessoa nos influenciar mais que a outra? Por que não seu pai? *Ele* não fazia tempestade em copo-d'água.

— Eu afastava as pessoas? — perguntei. — Não é justo, Dorothy. E o *seu* comportamento, hein? Usando seu jaleco branco mesmo quando saíamos para jantar; carregando sua grande bolsa estilo carteiro. "Eu sou a dra. Rosales", você dizia. Sempre tão ocupada, tão profissional! Fazer biscoitos? Você nunca fez nem uma xícara de chá para mim quando eu estava resfriado!

— E se tivesse feito o chá? O que você teria feito? — ela perguntou. — Jogado a xícara longe, tenho certeza. Ah, e eu me incomodava com o que as outras pessoas pensavam de mim. Sua mãe e sua irmã, as pessoas de seu escritório... Eu podia ver sua secretária pensando: "Coitado, coitado do Aaron. A esposa dele é tão fria! Tão independente, tão egoísta! Não o valoriza nem a metade do quanto o valorizamos aqui". "Isso mostra o quanto você sabe", eu queria dizer a ela. "Por que ele não se casou com outra pessoa, se queria ser mais paparicado? Se eu me comportasse de outra maneira, você acha que teríamos ficado juntos?"

Respondi:

— Não foi por isso que ficamos juntos.

— Ah, e não foi? — ela perguntou.

Ela se virou para olhar pela janela acima da pia. Algumas horas antes, eu havia ligado o borrifador de novo e podia ver como os olhos dela acompanhavam o jato-d'água de lá para cá.

— Eu tinha recebido uma oferta para trabalhar em Chicago — ela me contou num tom reflexivo. — Mas nunca contei para você. Era de um de meus antigos professores, alguém que eu admirava. Ele me ofereceu um emprego muito melhor do que o que eu tinha aqui — o salário era o mesmo, mas dava mais prestígio e era mais interessante, e eu me senti honrada por ele ter se lembrado de mim. Mas você e eu tínhamos acabado de ir ao cinema juntos, pela primeira vez, e eu não conseguia pensar em mais nada além de você.

Olhei fixamente para ela. Eu me senti como se móveis pesados estivessem sendo arrastados na minha cabeça.

— Mesmo depois que nos casamos — ela continuou —, de vez em quando aparecia um paciente que usava suporte ou talas e coisas assim, com fechos de velcro, e enquanto eles tiravam a roupa na sala de tratamento de meu consultório, eu conseguia ouvir os fechos se abrindo e pensava: “Ah!”, e lembrava de você.

Queria me aproximar dela, mas tinha medo de assustá-la. E ela não parecia muito convidativa. Continuava olhando pela janela, com os olhos fixos no jato-d’água.

Eu disse:

— Mas provavelmente eu guardei aquele espinho de uva-espim para você. — Não tinha certeza se ela sabia do que eu estava falando, então, completei: — Mas não para fazer você se sentir mal pela viagem a Los Angeles. Talvez, inconscientemente para... ah, talvez para mostrar que eu precisava de você.

Agora ela olhou para mim.

— A gente deveria ter ido ao Bo Brooks — eu disse. — Quem se importa se é uma barraca de caranguejo? Nós teríamos nos arrumado: você, no lindo vestido branco no qual queria se casar, e eu, em meu smoking, e comeríamos no deque, onde todo mundo estaria usando jeans e regata. Ao passarmos entre eles, todos olhariam para nós, e daríamos um adeusinho gracioso *a la* Rainha Elizabeth, e eles dariam risada e aplaudiriam. A cauda do vestido seria um problema — ela ficaria presa nas tábuas de madeira, cheias de farpas —, então eu a recolheria nos braços e a carregaria, atrás de você, até nossa mesa. "Duas dúzias de caranguejos jumbo e um balde de cerveja gelada" — eu pediria à garçonete, depois de nos sentarmos, e ela desenrolaria grandes folhas de papel pardo. Então, viriam os caranguejos, fumegantes, jogados entre nós, formando uma enorme montanha alaranjada e apimentada.

Dorothy ainda não havia dito nada, mas pude ver que sua expressão estava ficando mais leve. Ela até poderia estar começando a sorrir, pelo menos um pouco.

— A garçonete perguntaria se queríamos babadores, mas diríamos que não, que aquilo era para turistas. Então, pegaríamos nossos martelinhos e ficaríamos ali, martelando como crianças do jardim da infância em alguma atividade criativa, com pedaços de casca voando para todo lado e aterrissando em seu vestido e em meu smoking, mas riríamos mesmo assim. Afinal, por que nos importaríamos? A gente simplesmente daria risada e continuaria martelando.

Dorothy já estava sorrindo de verdade agora, e seu rosto parecia brilhar. Na verdade, ela estava brilhando por inteiro, e ficando difusa e transparente. Era como quando você olha para a esquerda o máximo que pode, sem virar a cabeça, para tentar enxergar o próprio perfil. No início, seu perfil está lá, mas não se mostra completamente: nada mais é que uma linha, um contorno. Então, ela desapareceu completamente.

9

Nunca mais vi Dorothy depois disso. Fiquei alerta no começo, mas, no fundo, sabia que ela havia desaparecido para sempre.

Hoje em dia, vou até o quintal sem a menor expectativa de encontrá-la. Coloco Maeve em sua cadeirinha de bebê, começo a empurrar o balanço gentilmente e tudo que consigo pensar é em como esta manhã de sábado está bonita. Mesmo cedo assim, a luz do sol parece líquida, derretendo-se sobre minha pele.

— Mais, papai, mais! — Maeve pede. "Mais" é sua palavra favorita, o que revela muito sobre ela. Mais abraços, mais músicas, mais cócegas, mais do mundo em geral. Ela é uma daquelas crianças que parecem mais repletas de alegria do que o normal por estar neste planeta — uma loirinha forte que não para quieta, tem preferência por jardineiras jeans e tênis de cano alto, o melhor equipamento para escalar, correr, rolar morro abaixo e se meter em confusão.

Já me tornei um especialista em pegar o balanço bem no meio e assim, com uma mão só, empurrá-lo em linha reta. Quando ele volta, eu o empurro ainda mais alto apertando a palma da mão contra o tecido fofo que fica entre as alças (por baixo da jardineira, Maeve ainda está usando fraldas, mas estamos tentando resolver isso). Ela se inclina sobre a barra da frente e agita as perninhas cheia de entusiasmo, desviando sua trajetória. Mas sou paciente: quando o balanço se aproxima de novo, agarro a corrente para começar novamente. Ainda temos algumas horas antes que sua mãe volte para casa, depois de resolver algumas coisas na cidade.

— E vamos nós! — eu digo, e Maeve responde:

— Iupiii!

Não sei onde foi que ela aprendeu isso. É uma palavra que associo às tirinhas de jornal, e ela a pronuncia tão perfeitamente que quase consigo vê-la impressa em um balão sobre a cabeça de Maeve.

* * *

Houve uma época em que pensar em me casar de novo me parecia inconcebível. Não conseguia entender como as pessoas faziam isso. Quando Nandina comentou sobre um novo casamento como uma possibilidade para meu futuro distante, senti um peso no estômago. Eu me senti como alguém que olha para um prato de comida após uma refeição pesada. "Ah, mas isso muda com o tempo", Nandina disse, com seu jeito de quem sabe tudo. Eu só olhei de relance para ela. Ela não tinha a menor noção.

No Natal, depois que ela e Gil ficaram noivos, fomos à casa de tia Selma para o almoço de Natal, como sempre, a não ser pelo fato de Gil ter ido junto. E, no caminho para lá, enquanto eu dirigia, Nandina simplesmente nos informou que Roger e Ann-Marie levariam a amiga de Ann-Marie, Louise. Nem consigo dizer como odeio quando a palavra "amiga" é usada numa situação como essa. Sabia muito bem quem era essa Louise. Era a famosa Viúva da Véspera de Natal, a única que presumivelmente poderia ter lidado muito bem com a morte do marido se ele não tivesse morrido antes de um feriado. E sim, eu conseguia ver o que estava por trás daquele convite.

— Esse era para ser um programa de família.

— Mas é! — ela respondeu, alegremente.

— Jamais poderia classificar uma conhecida da terceira mulher de nosso primo como membro da família.

— Aaron, tenha paciência! É Natal! É hora de acolher as pessoas que não têm para onde ir.

— Por quê? Ela é moradora de rua?

— Ela é... Sei lá. Talvez a família dela more do outro lado do país. E esta época é especialmente triste para ela, você sabe.

Note a omissão cuidadosa de frases reveladoras como "tanto em comum" e "apresentar vocês dois". Mas eu não era bobo. Eu sabia.

Quando chegamos à casa de tia Selma, Louise já estava sentada em seu lugar, instalada na ponta de um sofá vazio. Roger e Ann-Marie estavam acomodados em poltronas e Gil e Nandina pegaram a namoradeira. Então, naturalmente, sentei-me ao lado de Louise.

Ela era mais ou menos o que eu esperava: uma moça magra e atraente, com cabelo castanho e assimétrico que se mexia habilidosamente para o lado, quando ela inclinava a cabeça. Ela inclinava a cabeça com frequência em nossos primeiros minutos juntos, estudando-me com olhos brilhantes enquanto embarcávamos na conversa quebra-gelo de sempre. Descobri que era do tipo de pessoa que introduzia até a informação mais comum com "Você está sentado?" — uma pergunta que eu sempre comparara ao ato de rir das próprias piadas. Quando perguntei o que ela fazia, por exemplo:

— Você está sentado? — ela disse. — Sou editora! Igual a você! Mas trabalho como *freelance*.

A magreza dela era do tipo conquistado artificialmente, com dietas. Dava para perceber que ela não tinha o peso que deveria ter por seu vestido justo, que, claramente, havia sido escolhido para acentuar os ossos da clavícula e a saliência de seu quadril. Não sei por que aquilo me irritava. Acho que, se tivéssemos gostado um do outro, isso *não* teria me irritado, mas, a essa altura, já tínhamos chegado ao estágio desesperador em que você percebe que a outra pessoa é "outra" demais para se importar com ela. Louise tinha parado de inclinar a cabeça para o lado charmosamente, e seu olhar passou a acompanhar outras conversas na sala. Eu me senti impelido a me desculpar com todos e ir para casa.

Durante o almoço, ela estava sentada à minha direita (nesse ano, os lugares haviam sido marcados com cartões, para evitar qualquer engano). No entanto, agora que ela já tinha desistido de mim, passara a fazer a maior parte de suas observações para Gil, sentado do outro lado da mesa. Ela anunciou para ele, durante a sopa, que tinha uma relação "muito especial" com relógios.

— Toda vez que olho para um, mesmo que de relance, você sabe que horas são? Nove e doze.

Gil respondeu:

— Ah... — e enrugou a testa.

— E nove e doze é... Você está sentado?

Ele mandou um olhar impressionado para o próprio colo.

— Nove e doze é o dia em que nasci.

— Ahn?

— Nove de dezembro. Não é estranho? E isso acontece *muito* mais vezes do que a ciência pode explicar. Bem, na minha primeira viagem a Londres, anos e anos atrás, é claro que fui ver o Big Ben, e adivinhe que horas eram quando cheguei lá?

Gil parecia estar em pânico.

Eu respondi:

— Doze horas e nove minutos?

— O quê? Não, meu aniversário é...

— Porque afinal você estava na Inglaterra, onde eles dizem o mês primeiro e o dia depois.

— Não... Na verdade...

— Aaron — Nandina interrompeu —, conte para Louise sobre o *Diferença de Horário em Viagens para Iniciantes*.

— Eu esqueci — respondi.

— *Aaron*.

Ela pensou que eu estava fazendo aquilo de propósito, mas, sinceramente, havia esquecido mesmo. Não conseguia pensar em mais nada além do número infinito de horas até que pudesse escapar dali. Até lá, tínhamos tanta comida a enfrentar! Não apenas a sopa (que era creme de farinha, pelo jeito), mas presunto assado em um sobretudo de rodelas de abacaxi, brócolis com azeitonas e tédio e purê de batata doce pavimentado com marshmallows em miniatura, seguido por bolo de frutas para a sobremesa e — ah, meu Deus — uma segunda sobremesa, que Louise havia trazido: um prato de biscoitos com formato de estrelas, sinos e guirlandas. Mandei um olhar de "viu só?" para Nandina, porque uma das coisas que ela mais odiava eram contribuições inesperadas para um almoço ou jantar, mas ela estava brava demais comigo para responder. Os biscoitos eram brancos como parede e finos como papel, polvilhados com açúcar cristal vermelho e verde. Peguei um, por educação, e dei uma mordida, mas não tinha gosto algum. Apenas uma doçura sem graça e insípida. Eu o coloquei em meu prato e comecei a rezar por café. Não que houvesse planejado tomar uma xícara àquela hora, mas o café seria o sinal do fim da interminável refeição. Já era final de tarde e uma luz crepuscular cinza se embrenhava na sala de jantar.

Enquanto eu dirigia para casa, Nandina me passou um sermão completo:

— Por que você não consegue se comportar com uma civilidade do tipo mais básico? — ela me disse. Estava sentada no banco de trás e tinha se inclinado tanto para a frente para me repreender que seu queixo estava apoiado no encosto de meu banco. — Você estava literalmente fazendo pouco daquela pobre moça!

— Sim — respondi — e ela estava fazendo pouco de mim. Reconheça, Nandina, que éramos como água e óleo. Imagine, uma editora profissional dizendo que alguma coisa era "muito especial".

— Ah, mas ela trabalha como *freelance*! — Nandina falou, em tom mais calmo.

E Gil disse:

— Então... — e me perguntou se estava sendo difícil dirigir sob a neblina. Ele sempre parecia infeliz quando Nandina e eu discutíamos.

Eu os deixei na casa de Nandina, com a despedida mais breve possível, e fui para casa. Chegando lá, vesti minhas roupas confortáveis, me servi uma bebida e me sentei para ler, mas não conseguia me concentrar. Eu estava deprimido demais: não sabia exatamente por quê. Não via a hora de vir para casa desde que tinha chegado à casa de tia Selma, não deveria estar me sentindo aliviado agora?

Então, me ocorreu que, secretamente, nas profundezas mais sombrias de meu subconsciente, eu havia tido a esperança de que Louise e eu gostássemos um do outro.

* * *

Entre o Natal e o Ano Novo, fechamos o escritório e Nandina começou, a todo vapor, os preparativos para o casamento. Ela conseguiu fazer tudo em uma semana só: muito eficiente, admito. A cerimônia aconteceu no último dia do ano, na antiga igreja de meus pais, que Nandina ainda frequentava. Eu a levei até o altar; sua melhor amiga da escola foi a madrinha; e o primo de Gil, o padrinho. Os únicos convidados eram tia Selma e sua família, as três irmãs de Gil e as famílias *delas* e a equipe da Editora Woolcott. Depois, fizemos uma recepção modesta em minha casa, apesar de eu não ter contribuído muito. Peggy e a madrinha cuidaram da comida, Irene fez a decoração e Roger ficou responsável pelas bebidas. Eu fui apenas um espectador inocente.

Então, Nandina e Gil foram viajar por uma semana pela Costa Leste, o que parecia uma escolha estranha no meio do inverno, mas gosto não se discute, eu acho. Geralmente era uma época meio devagar na editora, então não foi problema não ter Nandina por perto para comandar a equipe. Eu estava editando um novo título independente, *Por que Decidi Continuar Vivendo*, escrito por um professor de inglês do ensino médio. Basicamente, era uma lista de mercado de momentos "inspiradores", como: "Para ver o sol ficar laranja à noite por trás da placa do Domino Sugars". Eu lia trechos em voz alta para a equipe na sala principal. "Para sentir um bebê recém-nascido segurar meu dedo indicador", eu lia, Charles grunhia e Irene mandava um "shhh" distraído, enquanto Peggy dizia: "Ahhh. Bem, *é* mesmo uma boa razão!". Eles eram todos tão previsíveis!

Irene folheava grossas revistas que aparentemente não mostravam nada além de propagandas de cosméticos. Charles pegava o telefone e monitorava o que pareciam ser discussões bem acaloradas entre as filhas, que ainda estavam de férias enquanto os pais já tinham voltado ao trabalho. Peggy decidira praticar digitação sem olhar para as teclas de numerais e símbolos, mas nunca passou das teclas do alfabeto.

Ao meio-dia de nosso último dia de liberdade, por assim dizer, fomos todos juntos para o Gobble-Up Café, deixando o escritório sozinho, o que teoricamente não deveríamos ter feito, e pedimos vinho no almoço, o que quase nunca fazíamos. O Gobble-Up estava tão pouco acostumado a servir álcool que a lista de vinhos dizia, em sua totalidade: "Chardonnay $5, Merlot $5, Rosé $5", e, quando perguntei à garçonete: "Que Merlot vocês têm?", ela respondeu: "É um vinho tinto?".

Pedi uma taça mesmo assim, as mulheres pediram Chardonnay e Charles tomou uma cerveja. Peggy ficou meio tonta com apenas dois goles e disse que considerava todos nós sua família. Irene anunciou que, e por que não, depois do almoço aproveitaria a liquidação de casacos da Nordstrom. Charles atendeu a uma ligação no celular, contrariando as regras da casa, e esperou demais para sair do café, sussurrando: "Agora, calma; fale mais devagar; você sabe que não consigo entender uma palavra quando você chora". Eu paguei a conta de todo mundo, o que provavelmente significa que estava me sentindo bem satisfeito.

Ao andar de volta para o escritório (passando por Charles, que ainda falava ao celular em frente ao café), contei para Peggy e Irene como Nandina vinha se comportando de maneira nada razoável depois do almoço de Natal. Acho que, em meu acesso de felicidade depois do vinho, esperava que elas fossem expressar algum tipo de indignação por mim.

— Ela praticamente fica de tocaia — eu disse —, ela e Ann-Marie; e me planta ao lado dessas mulheres com quem eu não tenho o menor assunto, zero...

— Ah, mas pense bem, ela só quer ajudar — Peggy respondeu. — Ela quer que você encontre alguém.

Antigamente, eu teria dito "Encontrar alguém? E quem disse que *quero* alguém?". Mas, nesse dia em particular, ainda sob a influência de minha depressão pós-almoço-de-Natal, resolvi não discutir. Tudo que eu disse foi:

— Mesmo assim. Não é como se perder a esposa fosse um hobby que eu poderia compartilhar com outras pessoas.

No entanto, nem Peggy, nem Irene demonstraram empatia propriamente dita. Peggy apenas disse "tsc-tsc" e Irene saiu abruptamente, porque já havíamos chegado ao nosso prédio.

— Então, tchau! — ela disse, e foi fazer suas compras.

— Aquela mulher era tão magra que eu podia cortar uma mão nos ossos da clavícula dela — contei a Peggy enquanto abria a porta. — Ela mastigava apenas com os dentes da frente. Trouxe biscoitos feitos de papelão de caixa de camisa.

— Você é maldoso — Peggy me disse, com expressão séria. Ela colocou a bolsa sobre sua mesa e tirou o casaco.

Hesitei.

— Peggy — chamei.

— Hum?

— Sabe os biscoitos de aveia com gotas de chocolate que você faz?

— Sim.

— Aqueles grandões cheios de chocolate que você trouxe faz um tempo?

— O que é que tem?

— Sabe aqueles pedacinhos que eles tinham na massa? Uns flocos crocantes. Não eram gotas de chocolate, nem castanhas, mas alguma coisa mais dura... como pedras.

— Grãos de soja torrados — ela respondeu. E pendurou o casaco no cabideiro.

— Grãos de soja torrados — repeti.

— Para ter mais proteína — explicou. E então disse: — Só você mesmo para achar que eram pedras em biscoitos que fiz de presente para vocês.

— Eu não disse que achava que eram pedras. Eu disse que eram *como* pedras.

— Você não tem vergonha mesmo, Aaron. Nem um pouco — ela me disse, e se sentou à sua mesa.

— O quê?

— Qualquer outra pessoa ficaria *agradecida* quando alguém tenta se aproximar. Mas você fica ocupado demais investigando os motivos por trás disso.

Eu disse:

— Mas de que motivos você está falando?

— Nem consegue enxergar. Nem percebe. Você deixa que ela passe batido.

— Deixar *quem* passar batido? — perguntei. — Você está falando da Louise?

Peggy jogou as duas mãos para cima.

— Ah — falei —, espere aí!

Mas ela já tinha girado para olhar para o computador e começou a digitar furiosamente. Fiquei ali olhando para ela por um momento e então fui para minha sala. Pendurei meu casaco e me sentei à mesa. Mas não voltei ao trabalho. Eu havia deixado minha porta aberta e ainda podia vê-la — as luzes de seu cabelo bagunçado sob as luminárias do teto, as duas cachoeiras de renda branca caindo de seus cotovelos corretamente posicionados.

Conhecia Peggy desde o primeiro ano. Eu me lembro do armário extra de que ela precisava para seus bichos de pelúcia, das anáguas que ela usava sob a saia no ensino básico (alguns de nossos colegas mais mal-educados a chamavam de "pastorinha") e é claro que a conhecia de tanto ela falar, falar e falar no escritório (ela gostava muito de conversar).

Nos finais de semana, ela nos contou uma vez, gostava de ir à loja de material de construção Stebbins e perguntar aos atendentes grisalhos como é que se consertava uma porta solta, ou o que fazer quando a ponta de uma das folhas do papel de parede teimava em se enrolar. Ela realmente precisava dos conselhos deles, ela disse, mas também era reconfortante. Isso a fazia lembrar da época em que seu pai estava vivo.

O presente que ela se dava depois de um dia difícil era trocar o jornal da noite na TV por filmes de Fred Astaire.

E ela não achava que suas roupas eram esquisitas (ela respondeu a uma pergunta nada delicada de Irene). As roupas eram uma maneira de fazer um esforço — fazer algo especial pelas pessoas que a cercavam.

E ela adorava cozinhar, eu sabia disso. Dizia que cozinhar era como dançar: tinha os mesmos movimentos marcados e a mesma sensação de se seguir um sistema e uma sequência. Eu podia entender isso. Eu a imaginava preparando uma refeição perfeita sem nenhum passo em falso, cantarolando enquanto se movia pela cozinha. Ela colocaria uma tigela de barro cheia de flores na mesa e então pegaria os guardanapos de linho e os dobraria para formar cabaninhas de índio.

Eu a imaginava servindo essa refeição, com o garfo à minha esquerda e a faca e a colher à minha direita, em vez de tudo jogado sobre a mesa, como eu fazia. O prato depositado habilmente à minha frente, posicionado de maneira tão exata que o garfo se movia um pouco mais à esquerda para abrir espaço. O leve calor da comida levitando gentilmente até meu rosto.

Peggy desamarrando seu avental antes de se sentar à minha frente.

* * *

Eu me levantei e fui até o lado de sua cadeira. Limpei a garganta. E disse:

— Peggy?

— O quê?

— Você gostaria de... você gostaria de sair comigo, um dia?

Os dedos dela pararam sobre o teclado. Ela se virou e olhou para mim.

— Sair, sabe, num encontro — expliquei (no caso de não ter sido claro o suficiente).

Ela me estudou por um momento. E então:

— Por que você não convida Irene?

— Irene?

— Eu achava que Irene era quem você tanto admirava.

— Ah, bem, era — respondi. — E ainda é. Mas é com você que eu gostaria de sair.

Ela continuou me estudando. Fiquei de pé um pouco mais reto e tentei parecer o melhor que podia. Eu disse:

— Você não me daria uma chance?

Após um longo momento, ela respondeu:

— Bem, eu poderia. Eu gostaria de te dar uma chance.

E ela deu.

* * *

Levo Maeve de volta para casa para tomar suco de maçã e, enquanto ela toma seu suco, sento-me à mesa da cozinha para ler o jornal. Mas Maeve vê minha bengala, apoiada ao lado da porta dos fundos, larga seu copo com tampa e tudo e anda devagarzinho para pegar a bengala e a trazer para mim, como um cachorrinho trazendo sua coleira.

— Passear? — ela pergunta. — Passear?

— Tome seu suco de maçã primeiro.

Ela deixa a bengala cair no chão, abandona-a sem olhar para ela, pega o suco de maçã e toma tudo de uma vez, com os olhos fixos em mim o tempo todo — olhos castanhos, como os meus, mas desproporcionalmente grandes e cercados por cílios, como raios de sol, como os de Peggy (sempre fico admirado como os genes de duas pessoas tão diferentes podem se juntar tão bem em seus filhos). Ela bate o copo de suco na mesa e bate palmas, pronta para fechar negócio.

— Passear, papai — ela diz.

— Está bem, Maevezinha.

Na casa ao lado, Mary-Clyde Rust está agachada junto à sua floreira de petúnias. Quando passamos, ela diz: "Bom dia, senhorita Maeve!", e se senta sobre os tornozelos, claramente pronta para uma conversa, mas

Maeve acena com a mãozinha e continua andando, o rosto apontado para o sul, a caminho do parque. Dou de ombros para Mary-Clyde, que dá risada e volta a arrancar os matos da floreira.

Há um trailer de metal em frente à casa dos Ushers. A irmã de Ruth Usher e o cunhado, de Ohio, estão fazendo uma visita. Ontem, Maeve fez um *tour* pelo trailer e ficou extremamente impressionada. Então, fico preocupado, achando que ela quererá parar por ali hoje, mas ela não vê a hora de chegar ao parque. Lá, a atração principal é um pequeno lago, bom para se explorar. Não me lembro de termos ido alguma vez ao parque sem voltarmos encharcados.

Um casal que não conhecemos se aproxima — uma moça de cabelo preto e um rapaz usando um boné dos Phillies. Maeve está pronta para seguir em frente quando o rapaz diz:

— Olá, menininha!

Ela para, ergue o rosto para olhar para ele e bate os cílios, sorrindo. Ainda não descobri como ela escolhe as pessoas com quem quer interagir. Nem dois minutos depois, um homem passa correndo e também a cumprimenta, mas ela nem olha para ele.

Enquanto nos aproximamos da Alameda Cold Spring, um carro diminui a velocidade. Vejo o Honda de Nandina parando perto de nós.

— Robirenna! — Maeve grita. É assim que ela se refere aos gêmeos quando está animada (Robby ganhou esse nome por causa do pai de Gil; Brenna era o nome de nossa mãe). Os dois examinam Maeve impassivelmente do banco de trás e Nandina se estica para abrir a janela do passageiro:

— Vemos vocês no parque?

— Sim — respondo.

Se fosse Gil, teria nos oferecido uma carona, mas Nandina prefere obedecer à lei da cadeirinha para as crianças. Ela acelera de novo e Maeve se joga, senta na calçada e começa a chorar.

— Nós vamos vê-los em um minuto, Maeve.

— Ver *agora*!

Pego sua mão para ajudá-la a levantar. A mão dela é um punho, um nó apertado de cetim, e ela tenta puxá-la de volta, mas eu a seguro com força.

* * *

Às vezes, penso na história que Gil me contou: como seu pai tinha voltado dos mortos para supervisionar o trabalho de Gil nas obras. Eu sei que Gil achava que alguma questão ainda mal resolvida havia trazido seu pai, mas ultimamente me ocorreu uma coisa: não poderia ter sido alguma questão mal resolvida de Gil? Será que Gil não estava pensando: "Meu Deus, queria tanto ter resolvido tudo com meu pai"?

Mas ainda não mencionei isso a Gil, porque suspeito que ele tenha vergonha de ter me contado aquela história.

* * *

Robby e Brenna são vários meses mais velhos que Maeve, e parecem mesmo. Eles são mais reservados, mais contidos e têm aquela presença social que as creches parecem conferir às crianças. Ao chegarmos ao parque, eles já estão profundamente entretidos vendo um pai e um filho jogando beisebol — o menino rebatendo a bola com força, a mãe e a irmã torcendo ao lado.

— Oi, Robby! Oi, Brenna! — Maeve chama.

Os dois apenas levantam levemente o dedo indicador, sem tirar os olhos dos jogadores. Sinto uma ponta de pena de Maeve, mas sua reação é filosófica. Ela sai andando sozinha ao redor do lago.

— Borboleta, papai! — ela avisa.

— Estou vendo, querida.

Nandina começa a contar sobre uma discussão que está tendo com Charles. Tem a ver com *Por que Decidi Continuar Vivendo*, que decolou alguns anos trás e, inexplicavelmente, deu lucro para o autor e para nós também. Nos preparativos para o próximo Natal, Charles está propondo uma sequência — talvez *Por que Decidi Viajar Mais* ou *Por que Decidi Ter Filhos*. Porém, o autor parece estar sofrendo de bloqueio criativo e agora Charles está sugerindo que recrutemos outros autores, ou que nós mesmos escrevamos os livros. Nandina diz:

— Será que não estou conseguindo enxergar alguma coisa aqui? Estou errada ao pensar que um livro desses é suficiente? Ou estou perdida para sempre?

E eu respondo:

— Não, Nandina, acredite em mim... — E então: — ... Uau! — Porque Maeve acabou de fazer uma curva fechada e se jogou na água. — Saia daí, agora! — eu grito e estou atrás dela em um piscar de olhos, com Nandina por perto caso eu precise de ajuda.

— Tartaruga, papai! — diz Maeve ("tatuga", como ela pronuncia).

— Saia daí agora mesmo!

Enquanto a puxo de volta para a grama, vejo os gêmeos nos observando, virando seus rostos idênticos de efígie de moeda em nossa direção até que estejamos, sãos e salvos, em terra firme novamente. Então, eles se voltam para os jogadores de novo, sem nenhum comentário.

* * *

Você imagina que não pensei nem por um momento que pudesse ter inventado as visitas de Dorothy? Que elas teriam sido apenas um devaneio, provocadas pela dor do luto ou por um acesso temporário de loucura?

Mas, nesse caso, explique-me: como ela poderia ter dito aquelas coisas que eu não sabia?

Que ela havia recusado um emprego melhor por minha causa.

Que havia escondido seus sentimentos por minha causa.

Em poucas palavras, que me amava.

Será que inventei *isso*?

* * *

No caminho para casa, Maeve anda lentamente e reclama. Ela diz que suas pernas estão ocupadas demais.

— Você está cansada — eu interpreto a informação para ela, mas ela fica ofendida.

— *Não* estou cansada! — ela diz.

Tenho a impressão de que ela associava a palavra "cansada" a sonecas, que, para ela, são uma tortura, mesmo quando precisa dormir mesmo. Digo:

— Ah, então você deve estar com fome!

Essa possibilidade já é mais aceitável. Na verdade, já passa de meio-dia e estou preocupado, pois Peggy deve estar nos esperando para o almoço. Mas não. Ao dobrarmos a esquina de nossa rua, nós a avistamos em frente a casa, tirando uma última sacola de compras do porta-malas.

— Mamãe! — Maeve grita e sai correndo.

— Como foi a manhã de vocês? — Peggy pergunta, quando ela está perto o bastante. Maeve só lhe dá um abraço à altura dos joelhos e corre em direção à casa. Peggy fecha o porta-malas e espera por mim.

— Francamente, Aaron, você está ensopado! — ela diz, porque meus sapatos estão encharcados e a barra da minha calça também. Eu dou um beijo rápido na bochecha dela e vamos atrás de Maeve, que parece estar usando botas de pescador. A jardineira dela está escura e molhada da água do lago das coxas para baixo.

Uma vez, meu amigo Luke me disse que tinha pensado em minha pergunta, se os mortos voltam ou não para nos visitar. Era verdade que eu tinha perguntado a ele na mesma época em que perguntei a Nate, mas isso aconteceu semanas depois. Aparentemente, ele vinha matutando a questão desde então.

— Decidi — ele disse — que eles não vêm nos visitar. Mas acho que se você os conhece bem o bastante, e se prestou atenção ao que diziam quando ainda estavam vivos, pode imaginar o que eles diriam a você hoje. Então, a coisa mais inteligente a fazer é prestar atenção enquanto ainda estão vivos. Mas é só a minha opinião.

Bem, não tenho a menor ideia se a opinião dele estava certa. Mesmo assim, estou me esforçando para prestar atenção. Noto como Peggy gira a saia de leve, quando vira em nossa calçada, e como Maeve, de repente e do nada, aprendeu sozinha a escalar, como adulta, pé ante pé. Faço uma anotação mental bem forte, enquanto as sigo até em casa.

— O que foi? — Peggy pergunta no hall de entrada. — Por que você está sorrindo?

— Não foi nada.

* * *

Não estaria sendo sincero se dissesse que nunca mais pensei em Dorothy. Eu penso nas duas Dorothys — aquela com quem me casei e aquela que voltou para me visitar. Vejo a Dorothy com quem me casei de pé, em seu consultório, ao lado da estante de livros, em seu jaleco branco engomado, exigindo saber o que havia de errado com meu braço, ou apertando os olhos ao olhar dentro de uma mangueira de aspirador de pó, ou enfiando hastes de aipo com força no único peru de Ação de Graças que ela tentou fazer. Então, penso em como as pessoas reagiram à Dorothy que voltou — algumas quase assustadas e outras quase envergonhadas, como se ela tivesse cometido uma gafe, e outras não demonstrando surpresa alguma. Mas não tenho mais tanta certeza de que aquelas que não pareceram surpresas haviam se esquecido de que ela tinha morrido. Talvez elas se lembrassem perfeitamente bem. Talvez estivessem apenas pensando: "É claro. O mundo é feito de ciclos, e aqui vamos nós de novo".

SOBRE A AUTORA

Anne Tyler nasceu em Minneapolis, Minnesota, em 1941, e cresceu em Raleigh, na Carolina do Norte. Ela se formou aos 19 anos, na Duke University, e continuou estudando russo na Columbia University. Este é o décimo nono romance de Anne Tyler; seu décimo primeiro, *Breathing Lessons*, recebeu o Prêmio Pulitzer em 1988. Ela é membro da Academia Americana de Artes e Letras e mora em Baltimore, Maryland.

Impressão e Acabamento
Prol Editora Gráfica